친애하는
나의 집에게

친애하는
나의 집에게

지나온 집들에 관한 기록

하재영 지음

라이프 앤 페이지
Life & Page

낯선 집이 친밀해질 때 나는 그곳을 떠났다.

그곳에 살지 않았다면 지금 나는
전혀 다른 사람이 되어 있을 것이다.

어떤 집은 공간 이상의 의미를 지닌다.

차
례

1

다크 헤리티지

집은 나에게 무엇인가?

대구시 중구 북성로

나는 왜 내가 태어나기 이전인 20세기 중반의 풍경에 향수를 느낄까? 왜 오래된 동네의 철물점에 들어서면 각별한 애정과 그리움에 휩싸일까? 1979년생인 내가 일제 강점기의 건축물을 보면서 어린 시절을 또렷하게 떠올리는 것은 왜일까? 그것이 내가 살았던 동네, 대구시 중구 북성로와 관련 있다는 사실을 안 지는 얼마 되지 않는다.

대구읍성의 성벽이 허물어지고 북성로라는 이름의 신작로가 들어선 것은 1906년, 일본이 대한제국 한성부 왜성대에 통감부를 설치한 해였다. 일본인은 막 개통된 경부선 철도를 타고 서울과 경기를 넘어 대구로 들어왔다. 그해 겨울, 대구의 행정 책임자인 친일파 박중양은 조정의 허락도, 주민의 동의도 없이 중구와 북쪽을 잇는 읍성을 허물어버렸다. 성벽이 있던 자리에 난 신작로는 성곽의 북쪽 길이어서 북성로라 불렸다.

박중양이 조선의 유산을 제멋대로 철거한 이유는 일본 상인을 위한 것이었다. 대구역을 건설하면서 역 주변에 상권을 형성한 일본인들은 이제 성 안으로 세력을 확장할 계획이었다. 일본인이 장악한 북성로는 대구 최대의 번화가, 조선의 모토마치로 급부상했다. 양복점과 곡물 가게를 비롯해 일본인이 운영하는 상점이 100개 이상 들어섰다. 엘리베이터를 설치한 대구 최초의 건물인 미나카이 백화점이 지어진 곳도 북성로였다. 대구에 거주하는 일본인은 북성로에서 자신들만의 메카를 건설했다.

그로부터 반세기가 흐른 1960년대, 서울은 물론 대부분 지역이 전쟁의 후유증에 시달리던 시기, 전국 각지의 피난민은 일자리를 구하기 위해 상대적으로 피해가 적은 대구로, 대구에서도 중심가인 북성로로 몰려들었다. 사람들은 근방의 미군부대에서 흘러나온 공구와 철물을 팔기 시작했다. 군수물자가 쏟아졌고 거리마다 공구점이 들어섰다. 사람들 사이에서는 '북성로 상인들은 부품만 주면 비행기도 만든다'는 우스갯소리가 떠돌았다.

　1970년대에서 80년대, 자동차 부품 산업이 호황을 누리면서 북성로 공구 거리는 메카트로닉스 기술의 중심지로 떠올랐다. 거리마다 사람이, 돈이, 활기가, 낙관주의가 넘쳐흘렀다. 대구 출신의 전두환, 노태우가 이끄는 신군부 세력이 쿠데타를 일으키고, 광주 시민이 계엄군의 군홧발에 짓밟혀 스러지고, 피로 얼룩진 제5공화국이 출범하던 때, 그러나 북성로 사람들은 각자의 삶에서 전성기를 구가하고 있었는지 모른다. 일제 강점기에 천안에서 태어나 전쟁이 끝난 뒤 대구로 이주한 나의 할아버지도 그들 가운데 하나였다.

　내가 북성로에 살게 된 것은 할아버지가 뇌졸중으로 쓰러진 1984년이었다. 부모님과 여동생뿐이던 나의 가족은 할아버지와 할머니, 결혼하지 않은 세 삼촌으로 늘어났다. 첫 손녀인 나를 유난히 예뻐했던 할아버지는 몸의 절반이 마비된 채 생명력을 잃어가고 있었고, 맏며느리이자 집안의 유일한 며느리인 엄마는 대가족의 살림을 도맡느라 초췌해지고 있었지만 나는 그 집에서 행복했다. 나를 사랑하는 어른들이 많다는 것도,

　　　　　　　　　　　　　　　　　다크 헤리티지

무화과나무가 무성하고 장미꽃이 흐드러지게 핀 마당이 있다는 것도, 지하실부터 옥상까지 집 안 곳곳에 숨을 데가 많다는 것도 좋았다.

할아버지가 그 터에 처음 지은 집은 한옥이었지만 내가 살 때는 집 주변의 상가건물을 사들이고 양옥으로 개축한 뒤였다. 그 집은 여러 면에서 독특했다. 집에 들어가려면 '사무실'을 거쳐야 한다는 것부터가 그랬다. 상가의 관리를 맡고 있는 사무실 앞문으로 들어와 뒷문으로 나가면 집의 마당이 나오는 구조였다. 집과 마당은 공구상과 철물점이 입점해 있는 반원형의 상가건물에 둘러싸여 있었다. 집 안에서 보면 상가건물의 뒷면이 담벼락처럼 집을 감싸고 있는 형태였다. 집 뒤편에 쪽문이 있었지만 우리는 사무실을 대문이라 여겼고 보통은 그곳을 통과해 집에 드나들었다. 사무실에는 우리가 '최 씨 아저씨'라고 부르는 중년 남자와 '언니'라고 부르는 젊은 여자가 근무했다. 상가 관리자인 최 씨 아저씨는 매일 오후 여섯 시가 되면 우리 집 현관에 서서 "퇴근하겠습니다"라고 인사를 했다.

집은 지하실과 1, 2층으로 나뉘어 있었다. 할아버지, 할머니, 삼촌들은 1층에서 지냈고 엄마, 아빠, 우리 자매는 2층에서 살았다. 거실 벽면에는 짙은색 적삼목 루버가 빽빽하게 붙어 있었고 천장에는 양각을 새긴 나무판이 촘촘하게 붙어 있었다. 주방 옆의 다이닝룸에는 커다란 원형 식탁이 놓여 있었는데 식탁 중앙에는 중화요릿집에서 볼 수 있는 회전판이 달려 있었다. 식사를 할 때 먹고 싶은 반찬이 멀리 있으면 회전판을 돌려야 했다. 내가 회전판을 돌려서 할아버지 앞에 놓인 고기반찬을 내 앞으로 옮겨놓으면 엄마는 식탁 아래에서 내 종아리를 살짝 걸어찼다.

1층의 후미진 곳에는 지하실로 내려가는 계단이 있었다. 지하실은 일종의 방공호이자 은신처였다. 식민과 전쟁을 겪으며 허기의 감각을 뼛속까지 새긴 할아버지는 많은 부를 축적한 뒤에도 그 시절의 고통을 잊지 않았다. 할아버지는 전쟁에 대비해 지하실에 물탱크를 만들고 통조림 식품을 잔뜩 비축했다. 그에게 전쟁은 굶주림과 목마름, 총과 군인, 폐허가 된 마을, 죽음의 공포를 떠올리게 하는 끔찍한 과거였지만 나와 동생에게는 놀이였다. 우리는 보자기에 옷을 싸서 만든 괴나리봇짐을 메고 곰팡내 나는 지하실로 피난을 떠났다. 어른들은 몰랐겠지만 그들은 적군이었다. 엄마나 삼촌이 물건을 가지러 지하실에 내려오면 우리는 공산당이 나타났다고 소리치며 위층으로 도망쳤다. 아무리 기다려도 어른들이 내려오지 않는 날은 실패할 수밖에 없는 놀이였다.

　　북성로에는 아파트도, 놀이터도 없었다. 친구들은 단독주택이나 상가주택에 살았다. 우리는 골목에 모여 땅따먹기나 고무줄놀이를 했다. 고무줄놀이를 할 때는 '전우의 시체를 넘고 넘어 앞으로 앞으로'라거나 '아아 잊으랴 어찌 우리 그날을'이라는 가사로 시작하는 노래를 불렀다.

　　또렷하게 기억나는 친구의 집은 '상주 식당'과 '신라 여관'이다. 우리 집 맞은편에 있던 상주 식당은 일제 강점기에 곡식 창고였지만 몇 차례 주인이 바뀌면서 여러 용도로 쓰인 공간이었다. 내가 북성로에 살던 당시에는 1층을 가게로, 2층을 살림집으로 개조하여 식당으로 운영하고 있었다. 20세기 초반과 6, 70년대의 주택양식이 뒤섞인 상주 식당과 달리, 신라 여관은 일본풍 여관의 형태를 온전히 간직하고 있었다. 가운데가 뚫린 미음자 형태의 건물에는 일본식 정원이 딸려 있었고 어두컴컴한 복도는 걸음을 옮길 때마다 나무 바닥에서 삐걱거리는 소리가 났다.

　　북성로에는 일제 강점기의 흔적이 많이 남아 있었다. 아플 때마다 엄마에게 끌려가다시피 들어갔던 소아과도, 병원을 나온 뒤 보상처럼 주어지는 유부초밥을 먹었던 분식집도, 나이 지긋한 아저씨와 아주머니가 서로의 어깨를 감싸 안고 들어가던 카바레도 일제 강점기에 지어진 것이었다.

　　가장 독특한 건축물은 토요일마다 어린이 미사를 보러 갔던 '대안 성당'이었다. 크고 높은 진회색 기와지붕을 얹은 목조 건물은 가톨릭 성당이라기보다는 사찰이나 신사의 모양새를 하고 있었다. 실제로 성당 건물은 일본인들이 신사 참배를 하던 '동본원사'라는 사찰을 보수한 것이었다. 나는 미사 중에 신부님이 "너희는 모두 이것을 받아 마셔라. 이는 새롭고 영원한 계약을 맺는 내 피의 잔이니…"라고 말하는 순간이 좋았다. 정확한 의미는 몰랐지만 그 문장이 마음에 들었고, 신부님이 성작을 들어 올리는 몸짓이 경건해 보였으며, 무엇보다 성찬 전례 이후에 미사가 곧 끝난다는 것이 기뻤다. 적들이 신사 참배를 하던 장소에서 하얀 미사포를 쓰고 가톨릭 미사를 드리는 풍경은 기묘했지만 나는 그것이 하나도 이상하지 않았다. 북성로의 부조화는 식민지 시절엔 일본인의 거리였고 한국전쟁 당시엔 전쟁의 포화가 피해 간 지역의 특수성에 기인한 것이지만 나는 우리나라의 모든 동네가, 모든 집이, 모든 건물이 그런 모습인 줄 알았다.

1986년 나는 종로 국민학교에 입학했다. 1900년에 미국인 선교사 아담스가 세운 대남 소학교를 전신으로 하는 대구 최초의 사립학교였다. 남학교인 대남 소학교는 여학교인 신명 소학교와 합병하면서 1926년에 희도 보통학교로 바뀌었고 1946년에 공립으로 개편하면서 희도 국민학교로 개칭했다. 종로 국민학교로 변경한 것은 1955년이었다. 학교는 조선시대 경상감영의 부지에 지어진 건물이었다. 운동장에는 수령이 400년이나 되는 늙은 회화나무가 있었고 교사 옆에는 최악이라고밖에 할 수 없는 재래식 화장실이 있었다. 내가 1, 2학년이던 1986년과 1987년, 학교는 오래된 건물을 대대적으로 정비하고 있었다. 저학년 교실 옆에 있던 낡은 화장실을 갈아엎느라 수업 시간 내내 분변 냄새가 진동하던 날도 있었다. 웬일인지 선생님도 나이든 사람밖에 없었다. 모든 것이 낡고 늙은 학교에서 생기 넘치는 존재는 쉴 새 없이 조잘거리는 우리뿐이었다.

우리는 왼쪽 가슴에 교표와 이름표를 달았다. 둘 중 하나라도 없으면 선생님에게 혼쭐이 났다. 교표와 이름표는 우리가 집단의 소속체인 동시에 언제든 이름이 불릴 수 있다는 점을 상기시켰다. 출석을 확인하기 위해, 발표를 하기 위해, 숙제 검사를 받기 위해, 야단을 맞기 위해 우리는 먼저 이름이 불려야 했다. 선생님이 "재영아"라고 부르지 않고 "하재영"이라고 성을 붙여서 부를 때면 가슴이 두근거렸다. 집이나 유치원과 달리 학교에는 규율이 많았다. 규율이 많다는 것은 혼날 일이 많다는 의미였다. 학교에서 혼나는 것과 집에서 혼나는 것은 전혀 다른 일이었다. 엄마에게 혼날 때 가족들은 내 편을 들거나 엄마를 말릴망정 나를 '구경'하지 않았다. 그러나 학교에서 누군가 혼날 때 그 아이는 구경거리가 되었다. 이름이 불리고, 쭈뼛거리며 일어서고, 교단으로 걸어가고, 선생님에게 체벌을 받는 과정을 모두가 '본다'. 내가 정말 두려워했던 것은 혼나는 일이 아니라 누군가가 나의 모멸을 지켜보는 상황이었다.

나는 친구들 앞에서 혼나는 수모를 당하지 않으려고 매사에 조심했다. 교표와 이름표를 잘 달았고 숙제를 열심히 했으며 준비물을 빠뜨리지 않았다. 난데없이 애국가가 울려 퍼지면 허리를 곧추세우고 왼쪽 가슴에 오른손을 얹은 채 '국기에 대한 맹세'를 하는 것도 잊지 않았다. 혼나지 않으려면 규율을 잘 따라야 했다. 규율 중에는 '본관에 걸린 대통령의 초상 앞에서 인사를 한다' 같은 것도 있었다. 사실 그것은 규율이 아니었을 것이다. 어느 선생님이 사진을 보며 "대통령님에게 인사해라"라고 했던 농담을 내가 규율로 받아들인 것일 수도 있다. 후자였을 거라는 생각이 들지만 설령 규율이었다고 해도 이상하지 않은 시절이었다.

뉴스의 시작을 알리는 '뚜— 뚜— 뚜— 땡' 하는 시보가 끝나면 "전두환 대통령은 오늘…"이라는 말로 첫 보도를 전하던 '땡전 뉴스'의 나날이었다. 대한항공 007편 여객기가 소련의 전투기에 요격을 당해 269명이 사망하던 날도 "전두환 대통령은 오늘…"이라는 내레이션과 함께 대통령이 청진동 거리에서 빗자루를 들고 청소하는 장면을 첫 소식으로 보도하던 때였다. 게다가 우리는 대통령과 영부인의 후배라는 것을 자랑스럽게 여기도록 교육받았다. (정확히 말하면 전두환, 이순자 씨가 학교를 다녔던 것은 희도 국민학교 때였다.)

어느 날 나는 선생님이 맡긴 일을 하느라 늦게까지 학교에 남아 있었다. 늦은 오후의 학교는 인기척 하나 없이 고요했다. 본관을 지나다가 대통령의 초상 앞에 멈춰 서서 머리가 벗어진 남자의 얼굴을 올려다보았다. 나는 부끄러움이 많고 수치심을 못 견뎌 하는 아이였다. 선생님에게 야단맞을까 봐 전전긍긍하는 아이, 어떤 규율도 어기지 않으려고 애쓰는 아이였다. 나는 공손하게 허리를 굽혀 사진에게 인사를 했다. 아무도 보지 않는 다는 것을 알면서도.

　북성로에 살기 시작했을 때 엄마는 겨우 서른 살이었다. 가족 구성원들이 같은 성姓을 공유하는 집에서 홀로 다른 성을 지닌 사람으로 산다는 것은 어떤 의미일까? 서구 사회의 전통은 결혼한 여성에게 남편의 성을 따르게 하지만 한국 사회의 전통은 원래 성을 유지케 한다. 그러나 이것은 한국 사회가 여성을 주체적인 존재로 여겼기 때문이 아니라, 피가 섞이지 않은 여성을 가족 안의 영원한 이방인으로 남겨두었기 때문이다. 부계 혈통주의에서 여성은 남편의 성을 따르지 '않는' 것이 아니라 감히 따르지 '못한다'.
　엄마는 할아버지의 한약을 달이고 간병을 했다. 할아버지 가 완전히 거동을 못하게 된 뒤에는 밥을 먹이고 대소변을 받아 냈다. 병 수발을 들지 않을 때는 대가족의 식사를 차리고 설거 지를 하고 빨래를 하고 청소를 했다. 어린 두 딸의 육아도 오롯 이 엄마의 몫이었다. 다른 지역에서 직장생활을 했던 큰삼촌과

둘째삼촌은 일주일에 한두 번 집에 왔다. 두 삼촌이 있느냐 없느냐에 따라 가족 구성원은 일곱 명일 때도 있었고 여덟 명이나 아홉 명일 때도 있었지만, 한 사람이 나머지 사람을 위해 노동을 전담하는 상황은 언제나 같았다. 명절이나 경조사에 세 고모가 각자의 가족을 이끌고 찾아오면 엄마는 더욱 바빠졌다. 가족들은 밥을 먹고 술을 마시고 이야기를 나누고 화투를 치고, 그러다가 문득 생각난 듯 주방을 향해 외쳤다. "재영 엄마, 그만하고 이리 와." 하지만 엄마가 그만할 수 있도록 일을 대신해주는 사람은 없었다.

집은 우리에게 같은 장소가 아니었다. 누군가에게 집이 쉼터이기 위해 다른 누군가에게 집은 일터가 되었다. 보수도, 출퇴근도, 휴일도 없이 매일 똑같은 일을 반복하는 가사 노동의 현장. 엄마는 운전을 배우고 싶어 했고 같은 지역에 사는 친언니를 만나러 가고 싶어 했지만 할아버지 할머니는 웬만해선 며느리의 외출을 허락하지 않았다. '집처럼 편하다'는 관용구대로 일과가 끝나고 돌아가는 휴식의 공간을 집이라 한다면 엄마에게 집은 집이 아니었다. 그러나 다른 가족에게 집이 집이기 위해 엄마는 집을 비우지 않아야 했다.

어느 저녁, 나는 1층에서 엄마를 찾고 있었다. 주방, 거실,

할아버지 방, 삼촌 방, 화장실, 마당까지 차례로 둘러본 뒤 2층에 있는 부모님 방으로 올라갔다. 아직 하루가 끝나는 시간이 아니었기 때문에 엄마가 거기에 있는 것이 의아했다. 엄마가 '있어야 할 자리'에서 '해야 할 일'을 하지 않는다고 느꼈다. 엄마는 불 꺼진 방에서 무릎 사이에 얼굴을 묻은 채 웅크려 앉아 있었다. "엄마, 뭐 해?" 전등을 켜자 엄마가 말했다. "불 꺼. 나가." 나는 방을 나오자마자 계단을 뛰어 내려갔다. 겁이 났다. 엄마의 목소리가 차가워서가 아니었다. 말끝에 묻어나던 울음기 때문이었다.

다크 헤리티지Dark Heritage, 또는 네거티브 헤리티지Negative Heritage는 부정적 문화유산을 뜻한다. 한때는 사라져야 할 장소로 여겼지만 부정적 문화유산도 기억해야 할 과거로 재인식되면서 일제의 소유였던 관사나 적산가옥, 군부독재 시절 국가폭력의 현장이었거나 통치의 수단으로 악용되던 장소는 일종의 관광지가 되었다.

쇠락한 동네에서 명소로 거듭난 지역 가운데에는 재개발 바람이 비껴가면서 오래 정체되었던 나의 고향 북성로도 있었다. 뉴트로의 흐름을 타고 들어온 젊은 사업가와 예술가 들은 오래된 목조건물과 적산가옥을 카페로, 술집으로, 박물관으로, 복합문화공간으로 바꾸어놓았다. 내가 마지막으로 북성로를 찾았던 2015년 겨울, 원래의 모습을 복구한 상주 식당은 북성로의 7, 80년대를 재현하는 공구 박물관이 되어 있었고, 등굣길에 지나치던 적산가옥은 카페로 변신하여 인스타그래머들의 핫 플레이스가 되어 있었다. '뜨는' 동네가 그렇듯 북성로도 임대료가 올랐고 오래 비어 있던 건물에 권리금이 붙었다. 긴 침체기를 버텨낸 상인들은 아이러니하게도 동네의 부흥과 함께 쫓겨나는 신세가 되어 있었다. 그리고 우리 집, 상가건물을 담장처럼 두르고 있던 2층집은 북성로가 살아나고 죽어가고 되살아나는 긴 세월 동안 여전히 같은 모습으로 그곳에 있었다.

집에 관해 이야기하기 위해 북성로를, 집 안팎으로 다크 헤리티지가 넘쳐흐르던 그 장소를 떠올려야 했다. 나는 일제 강점기의 집과 건물이 늘어선 골목을 걸어, 쿠데타로 대통령이 된 졸업생의 초상이 걸려 있는 학교에 갔다. 애국가가 흘러나오면 국기에 대한 맹세를 했고 반공 노래를 부르면서 고무줄놀이를 했다. 그리고 날이 저물면 성이 다른 한 여성에게 무급의 노동이 집중되는 가부장제 만연한 집으로 돌아갔다. 그 모든 기억은 이제 하나의 질문이 된다.

집은 나에게 무엇인가?

2

명문 시절

길과 담이 가른 신분제의 공간

대구시 수성구 범어동

할아버지가 돌아가시고 삼촌들이 결혼하자 아빠는 북성로 집을 팔았다. 이사 갈 곳은 대구의 신흥 부촌으로 떠오르고 있는 수성구 범어동이었다. 아빠에게 새집의 이름—명문 빌라—을 처음 들었을 때 나는 '빌라'라는 외국어가 먼 나라의 지명처럼 근사하다고 생각했다. 아빠에게 매일 새집에 대해 이야기해 달라고 졸랐다. 아빠의 이야기에는 이해할 수 없는 점이 많았다. 이를테면 단지 안에 여러 집이 모여 산다는 것도, 우리 집은 3층이지만 북성로 집처럼 2층이 있다는 것도 상상이 잘 되지 않았다.

가장 기쁜 일은 나의 방이 생긴다는 것이었다. 북성로 집 2층

명문 시절

에는 우리 자매가 쓰는 큰방과 부모님이 쓰는 작은방이 있었다. 큰방에는 우리 물건인 책상과 피아노뿐 아니라 텔레비전과 화장대, 책장과 장롱이 있었다. 책장에는 어른들의 책과 아이들의 책이 뒤섞여 꽂혀 있었고 장롱에는 어른들의 옷과 아이들의 옷이 함께 수납되어 있었다. 삼촌들은 '우리 방'에 와서 책과 옷을 가져갔다. 엄마는 '우리 방'에 와서 화장을 했다. 아빠는 '우리 방'에 와서 야구 중계를 봤다. '우리 방'은 공동의 방이었으므로 우리는 방이 없는 것이나 마찬가지였다.

1989년 여름, 가족들은 새집을 구경하러 갔다. 나는 차창 밖으로 동네 풍경을 바라보며 내가 다른 세계로 진입하게 되었다고 생각했다. 골목이 많은 북성로와 달리 반듯한 직선의 찻길이 이어졌다. 아파트들은 끝없이 늘어서 있었다. 사거리에는 '스포츠 프라자'라는 건물이 있었고 상가에는 '○○제과'가 아닌 '파리바게트'라는 이상한 이름의 빵집이 있었다. 차가 관리실 앞에 멈춰 서자 아빠의 차를 알아본 경비아저씨가 인사를 했다. 사무실과 최 씨 아저씨는 익숙했지만 관리실과 경비아저씨는 낯설었다.

우리 가족은 명문 빌라의 초창기 입주민 가운데 하나였다. 건설사는 대구에서는 생소한 개념이었던 고급 빌라를 표방하며 여섯 개의 동과 세 개의 층으로 이루어진 명문 빌라를 완공한 상태였다. 박공지붕의 벽돌집이었고 각 동마다 차고가 있었다. 1층 세대와 3층 세대에는 별도 공간이 주어졌는데 1층은 정원과 지하실이, 3층은 복층과 테라스가 딸려 있었다. 우리 집은 첫 번째 동의 꼭대기 층이었다.

집 안으로 들어서자 커다란 유리창으로 햇볕이 쏟아졌다. 하얀 벽과 대리석 바닥이 햇볕을 받으며 반짝였다. 거실 모퉁이에는 벽돌로 만든 벽난로가 있었고 높은 천장은 지붕의 형태가 드러나 경사졌다. 할머니와 우리 자매가 사용할 아래층에는 네 개의 방, 두 개의 발코니, 두 개의 욕실, 거실과 주방과 다이닝 룸이 있었다. 부모님의 공간인 2층은 거실과 두 개의 방, 욕실과 테라스가 있었다. 나무 벽, 나무 방문, 나무 천장, 무늬 벽지가 있는 북성로 집은 어둡고 산만했지만 새집은 벽, 천장, 바닥, 방문까지 모든 것이 밝고 하얬다. 나는 해외에 가본 적이 없었지만 외국 집이 이렇지 않을까 생각했다.

집을 보고 와서 하루 종일 새집만 생각했다. 새하얀 벽이라니, 대리석 바닥이라니, 벽난로라니, 박공천장이라니, 테라스라니, 나의 방이라니. 한편 걱정으로 잠을 이룰 수 없었다. 북성로 집을 가득 채우고 있는 오래된 물건, 할아버지 할머니가 젊을 때

명문 시절

부터 사용해왔던 낡고 손때 묻은 물건이 새집을 망칠 것 같았다. 나의 걱정이 무색하게 북성로에서 쓰던 가구는 모두 버려졌다. 명문 빌라는 새집에 어울리는 새 물건으로 채워졌다.

"어디 살아?"

유미가 처음 건넨 말이었다. 1989년 9월이었고 경동 국민학교로 전학한 첫날이었다. 수업이 끝나고 복도에서 신발을 갈아 신는데 같은 반 아이가 말을 걸었다. 귀밑까지 오는 짧은 단발머리에 볼이 통통한 여자아이였다.

"명문 빌라."

무심코 집 이름을 말한 뒤 이 대화가 몹시 낯설다는 것을 깨달았다. 북성로에 사는 아이가 "어디 살아?"라고 묻는 일은 거의 없었다. 그렇게 묻는다면 '어느 방향으로 가?' 다시 말해 '집에 같이 갈래?'라는 의미일 것이다. 그러나 수성구에서 처음 만난 아이가 "어디 살아?"라고 묻자 자연스럽게 집의 이름이 흘러나왔다. 나는 이름이 있는 집, 아파트나 고급 빌라에 사는 사람들만이 묻고 답할 수 있는 대화를 하고 있었다.

"명문 빌라에 사는 애는 처음 보네."

유미가 나를 빤히 쳐다보며 말했다.

"너희 부자구나? 여기가 대구에서 제일 비싼 동네인 건 알지? 명문 빌라는 이 동네에서도 가장 비싼 집이야."

우리 집에 대해 나도 모르는 사실을 그 아이가 알고 있다는 것이 신기했다. 이어서 유미는 집의 평수, 아빠의 직업, 부모님의 차종 같은 것을 물었다. 평수나 차종을 잘 몰랐기 때문에 내가 대답할 수 있는 것은 아빠의 직업뿐이었다. 유미가 왜 이 동네로 이사 왔느냐고 물었을 때도 우물쭈물했다.

"그냥, 아빠 엄마가 오자고 했으니까."

"너희 아빠 엄마가 왜 여기로 오자고 했는지 알아?"

"몰라."

"몰라? 당연히 학군 때문이지. 좋은 중학교에 가야 좋은 고등학교에 가고, 좋은 고등학교에 가야 좋은 대학에 가잖아. 여기는 대구에서 가장 학군이 좋은 곳이야."

나는 학군이 뭔지도 몰랐다. 처음 들어보는 말이었다. 모르는 것이 많아서 부끄러웠고 처음 만난 친구에게 바보 같아 보였을까 봐 걱정스러웠다. 계단을 내려가는데 잰걸음으로 나를 따라온 유미가 말했다.

"난 너희 집 건너편에 있는 가든하이츠에 살아. 이따 집에 놀러가도 돼?”

새 친구가 집에 온다는 것이 좋았다. 자랑하고 싶은 마음
도 없지 않았다. 그 과시적이고 속물적인 마음이 화근이었다.

수성구는 '대구의 강남'이라고 불렸다. 실제로 수성구의 개
발은 강남 형성기와 비슷한 면이 있었다. 대구의 동쪽에 위치한
이 지역은 오래전에 달성군이었지만 근대 이후 대구로 편입되
었고 1981년에 대구직할시 수성구가, 1995년에 대구광역시 수
성구가 되었다. 1980년대에 수성구가 부촌으로 각광받자 중산
층 이상의 사람은 아파트가 밀집해 있고 고급 빌라가 지어지고
있는 수성구로 몰려들었다. 유미의 말처럼 수성구는 대구에서
집값이 가장 비싼 동네였다.

범어동은 길 하나를 사이에 두고 개발된 구역과 개발되지
않은 구역으로 분리되어 있었다. 학교에서 만나는 아이들은 주
거 형태에 따라 대략 세 부류로 나뉘었다. 첫 번째로 건설사 이
름 뒤에 '맨션', '타운', '하이츠' 등의 영어 단어가 붙고 엘리베
이터가 설치된 아파트에 사는 아이들이 있었다. 유미가 그랬듯
처음 만난 친구에게 거리낌 없이 “어디 살아?”라고 묻는 아이

들, 그 질문을 받았을 때 크고 또렷한 목소리로 아파트 이름을 말하는 아이들이었다.

다음으로 저층 아파트에 사는 아이들이 있었다. 5층 규모에 평수가 작고 시설 관리가 잘 되어 있지 않은 아파트들이었다. 아이들은 이런 곳을 '서민 아파트'라 불렀다. 첫 번째 부류에 속하는 아이들은 자신들의 집과 이 아파트가 같은 주거 형태라고 생각하지 않았다. 마지막 부류는 개발되지 않은 구역에 사는 아이들이었다. 어디 사냐는 질문에 집의 이름을 말할 수 없는 아이들, '가든하이츠 뒷골목'이나 '명문 빌라 건너편'이라고 대답해야 하는 아이들이었다. 빈부격차는 학급에서도 자연스럽게 드러났다. 아파트에 사는 아이와 아파트에 살지 않는 아이가, 고층 아파트와 저층 아파트에 사는 아이가 서로 다른 그룹을 형성했다. 촌지를 가져올 수 없는 아이, 1년 내내 학부모가 찾아오지 않는 아이를 눈에 띄게 차별하는 교사도 있었다.

1980년대 이후 개발된 신도시라는 점, 부유층이 거주하고 주민의 평균 소득이 높다는 점, 도시 안에서 가장 집값이 비싼 지역이라는 점 등은 수성구가 강남에 비견되는 대표적 이유였다. 그리고 그 못지않게 중요한 것이 학군이었다. 범어동과 황금동 등지에 자리한 사립 중고등학교는 대구 경북을 통틀어 서울대, 연세대, 고려대 입학률이 가장 높았다. 자녀가 서울의 명문대에 진학하기를 바라는 부모들, 유미의 말처럼 '좋은 대학에 가려면 좋은 중고등학교에 가야 한다'고 믿는 부모들이 수성구로 이주했다. 대구에서 과외비가 가장 비싼 동네도, 위장전입 사례가 가장 많은 지역도 수성구였다. 사교육 열풍이 불면서 지산동, 범물동, 범어동 일대에는 거대한 학원가가 형성되었다.

　　전학 후 첫 중간고사가 일주일 앞으로 다가온 어느 주말, 발코니에서 빨래를 널던 엄마가 나를 불렀다. "저기 봐." 엄마의 손가락은 창밖을 가리키고 있었다. 바깥에는 아무도 없었다. 길도, 아파트 단지도, 놀이터도 텅 비어 있었다. 엄마가 보라고 한 것은 '텅 빈 동네'였다. "다들 집에서 공부하나 봐." 그 풍경은 나에게 오랫동안 수성구를 상징하는 이미지로 남았다. 몇 년 뒤 고등학생이 된 내가 초등학교 동창이었던 S의 부고를 듣고 가장 먼저 떠올린 것도 텅 빈 동네의 풍경이었다. 5, 6학년 내내 우리 학급의 반장이었던 S는 열여덟 살 때 자신이 살던 아파트 옥상에서 투신했다. 유서에는 성적이 떨어져서 죄송하다는 글이 적혀 있었다고 했다.

중간고사가 끝나고 며칠 뒤 유미의 생일잔치에 초대받았다. 나는 저금통에 모아둔 돈을 꺼내 문구점으로 갔다. 내가 유미의 선물로 봐둔 것은 철제 필통이었다. 뚜껑을 열었을 때에는 일반 필통과 다를 바 없어 보이지만 바닥 면을 들면 아래에 또 다른 수납공간이 숨어 있는 2층필통이었다. 나도 갖고 싶었던 물건이지만 내 기준에서는 조금 비쌌다. 내가 받는 용돈은 그 동네의 다른 아이들과 비교할 수 없을 만큼 적었다. 엄마는 검소함을 가르치는 것이 중요한 가정교육이라고 생각했다.

정성껏 포장한 선물을 들고 유미의 집에 갈 때 나는 들떠 있었다. 축하노래를 부르고 케이크의 촛불을 끄고 선물을 개봉할 때까지도 그랬다. 하지만 음식을 먹으며 아이들이 이야기를 나누자 소외감을 느꼈다. 대화에 도무지 낄 수가 없었다. 몇 번인가 유미에게 말을 걸었지만, 유미는 학교에서 자주 그랬던 것처럼 다른 아이와 이야기하느라 내 말을 못 들은 체했다. 전학온 지 두어 달이 지나도록 친구라고 할 만한 아이는 유미뿐이었다. 음식이 거의 바닥날 때쯤 나는 화장실에 갔다. 돌아오니 아이들이 보이지 않았다. 케이크 상자와 빈 접시를 치우던 가사도우미 아주머니가 말했다.

"넌 왜 안 나갔니? 아까 다들 나갔는데?"

명문 시절

단지 안을 한참 헤맨 끝에 잔디밭에 모여 있는 아이들을 발견했다. 유미는 뭔가를 이야기하다가 나를 보자 손가락을 입술에 갖다 댔다. 나는 그 몸짓이 어떤 의미인지 알았지만 억지웃음을 지으며 물었다.

"무슨 이야기하고 있었어?"

아무도 대답하지 않았다. 태연하게 다시 묻는 것과 돌아서서 집으로 가는 것 중에 어떤 행동이 덜 비참해 보일까 생각했다. 긴 침묵이 지나가고 한 아이가 말했다.

"너 유미한테 너희 집 잘산다고 엄청 잘난 척했다며? 그래놓고 겨우 필통 사왔냐?"

누군가가 풋, 하는 웃음소리를 냈다. 곧이어 깔깔거리는 웃음소리가 터져 나왔다. 아이들이 나만 남겨두고 놀이터로 달려갈 때, 나는 유미가 우리 집에 왔던 날 내가 했던 말과 행동을 복기하고 있었다. 얼마나 자랑스러운 표정으로 집을 구경시켜 주었는지 생각했다. 아빠가 외국에서 사온 유리 공예품이나 목각인형을 그 아이가 만지작거렸을 때, 환심을 사고 싶은 마음에 "너 가져"라고 말했던 일을 떠올렸다. 어른들에게 주워들은 말을 떠올리며 내 방의 가구는 이태리제라고 쓸데없는 소리를 했던 일도 기억해냈다. 얼굴이 일그러지고 뺨이 달아올랐다. 무심코 올려다본 하늘은 눈이 시리도록 파랬다. 맑고 청명한 가을이었다.

명문 빌라에 살았던 기간은 5년이다. 아빠의 사업이 실패하면서 우리는 그 집을 떠났고, 내가 중고등학교를 다니는 동안 여러 번 이사를 했다. 명문 빌라 이후의 집은 잘 기억나지 않는다. 가족과 살았던 집을 생각하면 선연하게 떠오르는 것은 북성로 집과 명문 빌라뿐이다.

명문 빌라에 살던 첫해, 1989년 가을과 겨울은 내 유년의 암흑기였다. 여자아이들에게 따돌림을 받고 남자아이들에게 괴롭힘을 당하면서 나는 비참하고 불행하다고 느꼈다. 하지만 지금도 아파트가 아닌 빌라에, 박공지붕의 벽돌집에 애정을 갖고 있는 이유는 그때의 기억 때문일 것이다. 학교에서 외톨이라는 사실과 별개로 나는 그 집을 좋아했다. 그곳은 그 전까지 살았던 집과 그 후로 살게 될 많은 집 가운데 가장 좋은 집이었다.

발코니에 장작이 차곡차곡 쌓이던 날과, 아빠가 주물 소재의 부삽이며 집게를 사들고 오던 날을 기억한다. 아빠가 벽난로 앞에 앉아 고풍스러운 장식이 달린 길고 검은 쇠막대기로 활활 타오르는 장작을 뒤적일 때, 내가 스스로를 '소피아'나 '마리 안느' 같은 이름을 가진 외국 아이라고 상상했던 것도 기억한다. 소파에 누워 높고 경사진 천장을 하염없이 바라보던 날과 2층 테라스에 서서 목이 아프도록 하늘을 올려다보던 날도 기억한다.

　명문 빌라 시절은 유년이 끝나고 경쟁에 첫발을 내디딘 때이기도 했다. 그룹 과외로 영어와 한문을 선행 학습했고 무용과 미술과 음악 레슨을 받았다. 학원에 가면 초등학생은 중학교 과정을, 중학생은 고등학교 과정을 공부했다. 밤늦도록 꺼지지 않던 학원가의 불빛을 기억한다. 자녀를 데리러 온 부모들의 승용차로 학원 앞 도로가 북적이던 장면도 기억한다. 돌이켜보면 집의 이름이 '명문'이었던 것이 우연처럼 느껴지지 않는다. 그 동네에서 일렁이던 욕망이 도달하고자 했던 곳은 명문이라 이름 붙는 어딘가가 아니었을까?

　'대구의 강남', '그 동네에서도 가장 비싼 집'에 사는 5년 동안, 나는 집이 가진 계급과 자본의 속성을 알아차렸다. 단지와 단지로 이루어진 아파트와 고급 빌라는 비슷한 계급의 사람들이 모여 사는 신분제 공간이었다. 신분제 안에는 이 아파트보다

저 아파트가 비싸고 이 단지보다 저 단지의 집이 넓다는 차이가 있었다. 어떤 어른들이 그렇듯 어떤 아이들은 그 차이를 알고 있을 뿐 아니라 민감하고 중요한 문제로 여겼다.

신분제 공간 바깥에 있는 사람들이 배제당하는 타자라면 우리 안에서도 더 위쪽에 있는 사람들은 선망의 대상이 될 수도, 질투의 대상이 될 수도 있었다. 처음에는 몰랐다. 왜 아파트에 사는 아이와 구옥에 사는 아이가 함께 놀지 않는지, 왜 아파트에 사는 아이 중에서도 같은 아파트, 같은 단지에 사는 아이들끼리 더 친밀한지. 그것이 물리적인 거리 때문이 아니라는 것을 빨리 눈치챘다면 열한 살의 나는 좀 더 세심하게 행동했을 것이다, 잘난 척한다는 말을 듣지 않도록.

나에게 계급은 추상적이거나 관념적인 것이 아니었다. 그 것은 개발된 구역과 개발되지 않은 구역을 가르는 '길'이었고, 아파트 단지를 둘러싼 '담'이었으며, 학급에서 아이들이 이루고 있는 '그룹'이었다. 내가 '우리'와 '그들'을 나누는 길과 담과 그룹을 명확하게 볼 수 있었던 이유는, 사소하지만 돌이킬 수 없는 실수로 어떤 부류와도 '우리'가 되지 못했기 때문이었다.

4학년 2학기 내내 혼자였던 나는 다음 해 학년이 바뀌고 나서야 새 친구를 사귈 수 있었다. 내가 그 아이에게 처음 한 질문은 유미가 나에게 처음 한 질문과 같았다.

"어디 살아?"

그 아이가 명문 빌라에 산다고 했을 때 나는 안도했다.

* 친구의 인명은 가명을 사용했다.

3

난초 핀 골짜기와
굴러떨어진 해골

각자도생의 세계

서울시 관악구 신림동

집을 떠나는 것, 가능한 멀리 떠나는 것. 그것이 스무 살의 내가 원하는 전부였다. 한 번이라도 국경을 넘은 적이 있었다면 오로라를 볼 수 있는 레이캬비크나 남태평양 아래로 가라앉고 있는 투발루 섬으로 가기를 꿈꾸었을까? 나는 그렇게 넓은 세상을 상상하지 못했다. 가고 싶은 곳은 서울이었다. 고작 거기가 내가 갔던 곳들 가운데 가장 멀고 넓은 세상이었다.

"서울 가면 그다음은?"

엄마가 물었다. 나는 물음표 뒤에 생략된 말이 무엇을 뜻하는지 알고 있었다. 아빠의 사업이 부도를 맞은 뒤 상황은 점점 나쁜 쪽으로 치닫고 있었다. 재기를 위해 아빠가 벌인 일들은 실패로 끝났고 IMF 사태까지 터지면서 아무 희망도 기대할 수 없는 상태였다. 나쁜 일이 지나가면 더 나쁜 일이 기다리던 그때 '다음'은 없었다. 다음이 없으므로 깨끗이 포기할 수도, 끝까지 오기를 부릴 수도 있었다.

"가고 싶은 데 가서 하고 싶은 거 하고 살아."

대구에서 다니던 대학을 자퇴하고 집에서 빈둥거리자 엄마는 그런 말로 나의 서울행을 허락해주었다. 하지만 나는 무엇을 하고 싶어서 서울에 가려는 게 아니었다. 도망치고 싶었다. 집 안을 떠도는 불운의 기운에서, 가족들의 한숨소리에서. 한편으로는 내가 태어나고 자란 도시에서 늙어갈까 봐, 이곳이 내 세상의 전부일까 봐 두려웠다.

1999년 봄, 스물한 살의 나는 서울역 광장에 서 있었다. 어깨에는 백팩을 메고 손에는 슈트케이스를 들고 있었다. 새로운 도시에서 새로운 삶을 시작한다는 설렘과, 어려운 집안 형편에 이기적인 선택을 했다는 죄책감이 뒤섞였다. 역사를 빠져나온 사람들은 어딘가로 재빠르게 흩어졌다. 그곳에는 기어이 떠나는 사람과 마침내 돌아온 사람이 있었다. 어쩌면 마침내 떠나는 사람과 기어이 돌아온 사람인지도 몰랐다.

나는 20세기 초반에 지어진 르네상스식 건축물 앞에 서서

1970년대에 지어진 대우빌딩을 올려다보았다. 막 상경한 지방 출신이 가장 먼저 마주하는 그 23층짜리 건물은 고도성장의 상징이자, 대한민국 수도에 입성했음을 알리는 표지였다. 각자의 꿈을 품고 서울에 도착한 이주민은 대우빌딩을 올려다보며 "세계는 넓고 할 일은 많다"는 김우중 전 대우 회장의 말을 떠올렸을지 모른다.

　　유미가 했던 질문은 10년 후 서울의 대학에서도 반복되었다. 이제 "어디 살아?"라는 말은 아파트 이름을 묻는 것이 아니라 동네를 묻는 것이었다. 가끔 이상한 대답을 들었다. 집은 면목동이지만 중고등학교를 포이동에서 다녔으니 자신은 강남 사람이라고 말하던 친구가 있었다. 신림동에 산다고 말한 뒤 신림동도 한강 이남이니 강남과 다름없다고 덧붙이던 동기도 있었다. 종로구에 산다는 한 아이는 사대문 안이 '진짜 서울'이라고 말해 나를 어리둥절하게 만들었다. 지방에서 온 나는 한강이라는 근대적 기준과 사대문이라는 전근대적 기준이 무엇을 의미하고 어떻게 작동하는지 이해하지 못했다.

　　대학 시절 살았던 곳은 모두 한강 북쪽, 주로 성북구와 강북구에 있었다. 월곡동, 미아동, 수유동, 안암동, 제기동, 약수동, 보문동, 동소문동, 돈암동…. 세상물정에 어눌한 20대 초반, 돈에 쪼들리는 지방 출신 유학생, 최저임금을 받는 아르바이트생인 나는 집을 구하는 일이 언제나 어려웠다. 수없이 발품을 팔아 구한 집은 누수, 환기, 방범 중에 어느 하나는 문제가 있었다. 모든 게 다 괜찮다 싶으면 어김없이 주인이 임대비를 올렸다. 어떤 곳에서는 1년, 어떤 곳에서는 몇 개월. 나는 자주 짐을 꾸렸고 조금 익숙해진 곳을 떠나 낯선 곳으로 갔다.

내가 지낸 곳은 집이 아니었다. 나는 방에 살았다. 6년 사이 머문 방은 무려 아홉 개였다. 여러 명의 하우스메이트가 함께 지내는 집의 방 하나, 참견 많은 주인 아주머니가 하루에도 몇 번씩 방문을 열어젖히는 하숙방, 싱크대 옆에 매트리스를 놓아야 하는 원룸…. 그 방들은 월세와 공과금을 나눠 내는 룸메이트가 함께 사는 공동 공간이기도 했다. 늘 옆에 누군가가 있었기 때문에 속상한 일이라도 생기면 화장실 문을 걸어 잠그고 눈물을 쏟는 수밖에 없었다. 언제나 혼자인 것과 항상 함께인 것 가운데 어느 쪽이 더 견딜 만할까? 스무 살의 내 소원이 서울에 가는 일이었다면 스물여섯 살의 내가 바라는 것은 '자기만의 방'이었다. 자기만의 방은 독립과 해방의 공간이기 이전에 나의 눈물을 타인에게 들키지 않을 권리였다.

    대학을 졸업하고 처음으로 가진 나만의 방은 관악구 신림
동의 신축 원룸이었다. 현관에 들어서면 오른쪽에는 작은 세탁
기가 놓인 세탁실이 있었고 정면에는 짧은 통로가 있었다. 통로
의 오른쪽에는 싱크대가, 왼쪽에는 욕실이 위치했다. 싱크대 옆
에는 붙박이장이 있었고 붙박이장 옆에는 싱글 침대가 있었다.
침대 발치에는 화장대가, 화장대 옆에는 책장과 일체형인 책상
이 있었다. 책장 옆에는 2단 수납장이 있었고 그 위에는 소형 텔
레비전이 놓여 있었다. 텔레비전 옆은 처음에 말한 싱크대와 욕
실 사이의 통로였다.

    일곱 평 남짓한 작은 공간이지만 건축가인 르 코르뷔지에
가 말년에 살던 마르탱의 오두막은 네 평이었고, 작가인 헨리
데이비드 소로가 은둔의 장소로 삼았던 월든의 오두막도 비슷
한 크기였으니 불만스러워할 일도 아니었다. 게다가 그 원룸은
내가 가진 얼마 되지 않는 돈으로 엘리베이터와 주차장, 외부
도어락과 빌트인 가구의 혜택까지 누릴 수 있었다.

    신림동은 신림본동부터 신림13동까지 무려 열네 개의 행

정동이 관할하는 거대한 동네였다. 면적은 이웃해 있는 금천구 전체를 합친 것보다 컸고 인구수는 전국의 법정동 가운데 가장 많았다. 내가 사는 신림13동은 3동, 7동, 12동과 묶어 '난곡'으로 불렸다. 난곡은 '난곡蘭谷'이기도 했고 '낙골落骨'이기도 했다. 조선시대 유배를 온 강홍립이 난초를 많이 길렀다고 해서 난곡이었고, 도심 개발과정에서 밀려난 철거민이 청소차에 실려와 공동묘지에 내던져졌다 해서 낙골이었다. 난초가 피는 골짜기여서 난곡, 굴러떨어진 해골이어서 낙골. 그것은 꽃 같고 뼈 같은 지명, 생명 같고 죽음 같은 이름이었다.

이사를 하고 며칠 뒤 동네를 둘러보았다. 원룸은 난곡의 초입인 난곡 사거리에 있었다. 신축 원룸과 마트, 은행과 피트니스 센터가 있는 사거리를 벗어나 난곡의 안쪽으로 들어가다가 어느 골목을 발견했다. 차가 다니는 대로에서 멀지 않았지만 그곳은 다른 세상처럼 느껴졌다. 골목이라고 부를 수도 없는 좁은 통로 안에, 현관문이라 부를 수도 없는 허술한 문이 다닥다닥 붙어 있었다. 좁은 방에 미처 들이지 못한 세간살이는 문밖에 널브러져 있었고 통로 끝에는 공용 화장실이 있었다. 골목을 지나치며 문이 열린 집을 곁눈질로 보았다. 문틈으로 두어 평 남짓한 방이, 나동그라진 빈 술병이, 문을 등지고 앉은 남자의 후줄근한 뒷모습이 보였다.

나는 새 동네에 대해 아무것도 몰랐다. 난곡이라는 지명 앞에 '서울의 마지막 달동네'라는 수식이 붙는 것을 몰랐다. 여기가 1970년대 강제 이주한 도시 철거민의 오랜 터전이라는 사실을 몰랐다. 내가 이곳에 오기 1년 전, 이미 한 차례의 대규모 철거가 태풍처럼 난곡 판자촌을 휩쓸고 가면서 어떤 사람들이 집을 잃었다는 사실을 몰랐다. 내가 난곡에 대해 대강이나마 알게 된 것은 그날 저녁 우연히 봤던 쪽방 풍경 때문이었다.

나는 난곡 주민이지만 재개발 사업으로 밀려나는 도시 철거민도, 산 1번지의 판자촌 사람도 아니었다. 난곡은 20대에 거쳐 온 다른 곳처럼 스쳐 지나가는 동네, 금세 잊힐 장소였다. 나는 외부인이자, 곧 난곡에서 밀려날 사람들과 다른 방식으로 이 동네를 떠날 사람이었다. 그러나 난곡에 대해 생각하면서 가난에 대해 생각하지 않을 수는 없었다.

명문 빌라를 떠나 노후한 아파트에 전세를 살던 시절, 중학생이던 나는 생각했다. 우리는 가난한가? 더는 아파트에 살 수 없어 낡은 상가주택과 다가구주택으로 이사를 다니던 시절, 고등학생이던 나는 생각했다. 우리는 가난한가? 용달차에 플라스틱 서랍장과 접이식 탁자, 이불과 책을 싣고 한강 북쪽을 전

난초 핀 골짜기와 굴러떨어진 해골

전하던 시절, 대학생이던 나는 생각했다. 나는 가난한가? 나는 오래 가난했던 것 같기도 했고 한 번도 가난하지 않았던 것 같기도 했다.

무엇이 가난일까? 한강다리 위에서 아파트촌의 불빛을 바라보며, 나도 언젠가는 이 도시에 집 한 채 가질 수 있을까 생각하다 마음이 저려왔던 순간을 가난이라 이름 붙일 수 있을까? 어떤 방에 살아보고 나서야 심각한 결함이 있다는 것을 알아차리고 스스로의 어눌함을 자책하던 순간을 가난이라 명명할 수 있을까? 전 세입자가 그랬듯 가장 중요한 문제에 대해 침묵한 채 폭탄 돌리기를 하는 심정으로 그 방을 다른 사람에게 떠넘기던 순간과, 죄책감에 휩싸여 도망치듯 떠나던 순간을 가난이라 말해도 괜찮을까?

가난은 서로에게 다른 얼굴을 하고 있었다. 누군가에게 가난은 월세 30만 원짜리 자취방이지만 누군가에게 가난은 포클레인이 밀어버릴 쪽방이었다. 누군가에게 가난은 자기만의 방을 가지지 못한 것이지만 누군가에게 가난은 거리로 내몰린 노숙인의 삶이었다. 가난을 가늠하는 일은 자신의 과거든 타인의 현재든 비교 대상이 필요했다. 마포의 30평대 아파트에 혼자 살고 있는 친구의 집을 다녀온 날, 나는 가난했다. 원룸에서 불과 몇 정거장 떨어진 난곡의 쪽방을 목도한 날, 나는 가난하지 않았다.

신림동의 일곱 평짜리 원룸은 마포의 아파트와 난곡의 판자촌 중 어디에 더 가까울까? 아무리 노력해도 한강 전망의 브랜드 아파트가 대변하는 삶에 진입할 수 없을 것 같았다. 노력을 게을리하면 도시 빈민의 상징으로 여겨지는 달동네 판자촌으로 추락할 것 같았다. 난곡의 안쪽을 바라볼 때마다 '여기'가 최악은 아니라는 안도감과 '저기'로 굴러떨어질지 모른다는 불안감이 교차했다. 그러면서도 나는 알고 있었다. '저기'에 사람이 살고 있다는 것을, 그 사람들은 '저기'를 벗어나는 것이 아니라 '저기'에서나마 쫓겨나지 않기를 바라고 있다는 것을. 그 절박함 앞에서 느끼는 안도와 불안이 부끄러웠다.

집 밖으로 나가지 않은 지 한 달째였다. 처음에는 글을 쓰려고 했다. 나는 20대의 작가 지망생이었고 등단만이 내가 걸어볼 수 있는 희망이었다. 집 근처에 있는 중형 슈퍼마켓에 전화를 걸어 품목을 말하면 식료품과 생필품을 배달받을 수 있었다. 김치찌개부터 돈가스까지 30여 종의 메뉴를 가진 배달음식

난초 핀 골짜기와 굴러떨어진 해골

점도 있었다. 현관 밖에 내놓은 쓰레기는 경비아저씨가 저녁마다 수거했다. 먹고 버리는 일이 해결되자 밖에 나갈 필요가 없었다.

내 방에는 창문이 있었지만 나는 창밖을 보지 않았다. 창문은 내가 사는 건물과 비슷하게 생긴 맞은편 건물을 보여줄 뿐이었다. 나의 진짜 창문은 이사와 함께 구매한 14인치 중고 텔레비전이었다. 낮에는 공모전에 응모할 소설을 썼고 밤에는 텔레비전으로 바깥세상을 구경했다. 2004년 봄, 텔레비전에서는 자이툰 부대의 추가 파병이 확정되었다는 소식이 흘러나왔다. 시사 프로그램의 패널들은 이라크 파병을 놓고 설전을 벌였다. 나는 무심히 뉴스나 토론을 보다가 채널을 돌렸다.

6월의 어느 새벽, 이리저리 채널을 돌리다 이라크 무장단체에 납치된 한 청년의 목소리를 들었다. 그는 한국 대통령을 불렀고 미국 대통령을 불렀고 우리 모두를 불렀다. 살고 싶다고, 고국에 돌아가고 싶다고, 이라크에 군대를 보내지 말아달라고 호소했다. 아랍어를 전공하고 대학원 등록금을 벌기 위해 군납업체 통역사로 취업했던 그의 이름은 김선일이었다.

얼마 뒤 뉴스는 그의 시신이 발견되었다는 속보를 전했다. 이라크의 재건을 위해 평화적 파병을 고수한다는 정부 입장도 발표했다. 나는 무력했다. 살려달라는 애원을 들으면서 아무것도 할 수 없었던 자의 무력감이었다. (10년 후 봄, 텔레비전을 보다가 이때와 비슷한 무력감을 느꼈다. 세월호가 침몰하는 장면을 보면서 아무것도 할 수 없었던 그 순간에.) 나와 같지 않은 사람들, 무력감을 떨치고 무엇이라도 해보려는 사람들은 광장으로 나가 촛불을 들었다. 고인을 애도하고 국민을 죽음으로 몰아넣은 국가에 책임을 물었다. 광장은 이라크보다 가까웠지만 나는 광장에 울려 퍼지는 목소리조차 텔레비전으로 수신했다. 텔레비전을 켜둔 채 글을 쓰고 밥을 먹었다. 텔레비전을 보다 리모컨을 쥐고 잠들었다. 잠에서 깨면 밤새 켜져 있던 텔레비전으로 시선을 돌렸다. 집 밖으로 나가지 않은 지 석 달째였다.

그 무렵 내가 살고 있는 서울 서남부 지역에서는 누군가가 휘두른 흉기에 여자들이 죽거나 다쳤다. 2004년 2월에는 산본동에서 우유를 배달하던 20대 여성이 칼에 찔려 사망했다. 같은 달에 신길동 골목에서, 신길동 다가구주택에서 30대 여성들이 칼에 찔렸다. 며칠 뒤에는 신림동 골목길에서 여고생이 칼에 찔렸다. 4월에 신길동에서 20대 여성의 살인 미수 사건이 일어난

난초 핀 골짜기와 굴러떨어진 해골

데 이어, 고척동에서 여대생이 자신의 집 현관문에 열쇠를 꽂아 둔 채 시신으로 발견되었다. 5월에는 신대방동 보라매공원에서 칼에 찔린 여대생이 병원으로 옮겨진 뒤 숨을 거뒀다. 철산동에서, 봉천동에서 여자들이 중상을 입거나 살해당했다. 신림동, 봉천동, 신길동, 신대방동 등 일부 범죄 현장은 내가 집에 틀어박히기 전까지 일상적으로 나다니던 곳들이었다.

2004년부터 2006년까지 서울 관악구, 구로구, 동작구, 영등포구, 금천구와 경기도 군포시, 광명시 일대에서 발생한 이 사건은 '서울 서남부 연쇄살인사건'이라 불렸다. 어느 언론은 당시 개봉한 영화 〈살인의 추억〉의 제목을 따와 「충격, 경악, 서울판 '살인의 추억'」이라는 헤드라인을 내보냈다. 또 다른 언론은 범행이 주로 비 오는 목요일 밤에 일어났다며 「비 오는 목요일 밤의 괴담」이라는 타이틀을 붙였다. 그들에게 여성의 죽음은 자극적인 흥행물이거나 진부한 도시 괴담이었으나 나에게는 현실이었다. 나는 연쇄살인범이 여성들을 해치는 동네에 혼자 살고 있었다.

창문과 현관문의 잠금 상태를 강박적으로 확인했다. 현관밖에 쓰레기를 내놓을 때는 복도에 사람이 없는지 살폈다. 엘리베이터 문이 열리는 소리가 나면 현관문에 달린 외시경으로 바깥을 힐끔거렸고, 밤늦게 이웃집 현관문이 여닫히는 소리가 들리면 한두 번 목례를 나누었을 뿐인 옆집 여자의 안위를 걱정했다. 가끔은 낯선 남자가 창밖에서 나를 지켜보는 악몽을 꾸다 가위에 눌리기도 했다. 계층도, 세대도, 삶의 궤적도 다른 다양한 여성을 지배하는 한 가지가 있다면 그것은 '불안'일 것이다.

　　난곡 재개발, 김선일 씨의 피랍과 사망, 서울 서남부 연쇄 살인. 비슷한 시기에 일어난 전혀 다른 세 사건은 내가 살고 있는 세계의 민낯을 보여주는 듯했다. "낙골에서조차 떨어지면 이젠 어디로 떨어질 거여?"라고 자조하는 쪽방 거주민에게도, 돈을 벌려고 격전지로 떠난 청년에게도, CCTV가 없는 골목을 걸어 집으로 돌아가는 여자에게도 보호막은 없었다. 이 각자도생의 세계에서 어떻게 살아남아야 하는지 알 수 없었다, 집에 가만히 웅크리고 있는 것 말고는.

　　글을 쓰려고 집에 틀어박혔고 집 밖으로 나가지 않고도 일상이 해결되는 상황에 익숙해져가던 나는, 이제 스스로를 지키기 위한 자발적 감금 상태에 놓여 있었다. 세계는 좁고 할 일은 없었다. 가끔 창밖을, 텔레비전이 아닌 현실의 창밖을 바라보며 자문했다. 여기에서 나갈 수 있을까? 네 개의 벽과 이중의 잠금장치가 있는 원룸은 나의 유일한 보호막이었다. 나는 일곱 평 원룸에서 14인치 브라운관 텔레비전으로 세상을 봤다. 차례차례 철거되는 판자촌을 봤다. 해골 같은 동네에서조차 밀려나는 사람들을 봤다. 이라크로 향하는 자이툰 부대를 봤다. 내 또래 여자들이 목숨을 잃는 것을 봤다.

나는 보는 사람, 보면서 두려워하는 사람이었다. 이 두려움과 무력감을 부끄러워하는 사람, 부끄러워하면서도 '그들'의 일이 '나'의 일이 되지 않기를 바라는 사람, 그 바람이 부끄러워서 다시 보호막 안에 숨어버리는 사람이었다. 나는 텔레비전을 보고 싶은 사람, 텔레비전을 부숴버리고 싶은 사람이었다. 나는 작가가 되고 싶은 사람, 아무것도 되고 싶지 않은 사람이었다. 두 마음을 오락가락하며 글을 썼다. 스스로를 고립한 채 작은 방에서 텔레비전만 보는 히키코모리에 관한 단편소설이었다. 집 밖으로 나가지 않은 지 여섯 달째였다.

2006년 봄 내가 그 소설로 등단했을 때, 서남부 연쇄살인 사건의 범인인 정남규가 검거되었다. 열세 명이 사망하고 스무 명이 중상을 입었다. 왜 서남부 지역이었느냐는 질문에 그는 이렇게 대답했다. "강남구 등 부유층이 사는 동네엔 CCTV가 많아 범행을 저지를 수 없었습니다. 살인을 쉽게 하려고 방범시설이 갖춰져 있지 않은 곳, 서민이나 저소득층이 거주하는 지역을 범행 장소로 삼았습니다." 여름에는 김선일 씨를 살해한 알 자르카위가 미군에게 사살되었다. 가을에는 난곡 뉴타운에 입주가 시작되었다. 대기업 브랜드의 로고가 선명한 아파트에는 '입주민을 환영합니다'라고 적힌 현수막이 펄럭였고 구청장은 상기된 얼굴로 인터뷰를 했다. "달동네와 판자촌은 잊어주십시오. 이제 난곡은 청정한 자연환경을 가진 살기 좋은 신도시로 거듭날 것입니다." 겨울이 되었을 때 나는 텔레비전을 처분하고 원룸을 떠났다.

난초 핀 골짜기와 굴러떨어진 해골

4

에곤 실레와 루이 비통

감출 수 없는 현실

서울시 성동구 금호동

우리 자매는 20대에 다른 선택을 했다. 나는 서울의 사립 대학에 진학해서 부모님의 빚을 늘렸지만 동생은 대구의 국립 대학에 들어감으로써 가계의 부담을 덜어주었다. 졸업 후 나는 문학수업을 듣고 소설 습작을 하면서 돈벌이와 무관한 시간을 보냈다. 그림을 그리던 동생은 미술을 그만두고 가방과 구두 디자인을 배워 서울의 패션회사에 디자이너로 취직했다.

동생의 상경을 앞두고 나는 투룸을 구하러 다녔다. 그 아이의 회사가 있는 강남은 집값이 비싸서 한강에 인접한 강북의 동네를 찾았다. 강남이 가깝고 교통이 편리하면서 우리가 가진 돈으로 집을 구할 수 있는 동네는 재개발이 확정되었거나 추진

에곤 실레와 루이 비통

중이었다. 거대한 공사장으로 변해버린 서울에서 우리는 사람들이 나오는 곳으로 들어가야 했다. 부동산 중개업자는 재개발이 예정되어 있어도 3, 4년은 살 수 있다고 했지만 나는 그 말이 집에 내리는 시한부 선고처럼 들렸다.

재개발 지역에서 세 군데의 집을 보던 날이 있었다. 대문마다 이삿짐센터 전단지가 붙어 있고 상가는 유리창에 금이 간 채 비어 있던 곳. 담벼락에는 누군가가 붉은 스프레이로 써 갈긴 글씨가 있었다. 'SEX'. 첫 번째 집의 초인종을 누르자 헝클어진 파마머리에 다크서클이 짙은 여자가 문을 열었다. 현관에서 싱크대로 이어지는 통로에는 이부자리가 놓여 있었고 젖먹이 아기는 이불 위에서 배밀이를 하고 있었다. 방 안에서 만화영화 주제가가 흘러나왔다. 대여섯 살쯤 된 남자아이와 여자아이가 텔레비전을 보고 있었다. 벽은 낙서투성이였고 바닥은 장난감으로 어지러웠다.

두 번째 집의 세입자는 부재중이었다. 집주인이 대신 현관문을 열어주었다. 그 집에 사는 여자는 옷이 많았다. 옷이 빽빽하게 걸린 행거는 쓰러질 듯 위태로워 보였다. 미처 수납하지 못한 옷은 행거 아래와 침대 위에 아무렇게나 쌓여 있었다. 창문은 커튼 대신 빛바랜 담요로 가려져 있었고 변기 안에는 갈색의 긴 머리카락 뭉치가 버려져 있었다. 주인은 인상을 찌푸린 채 집을 둘러보다가 물기 없는 개수대에 버려진 담배꽁초를 보고 혀를 찼다. "사람을 잘못 들였어. 집구석에서 담배를 피우질 않나, 뭐 하는 여자인지 맨날 오밤중에 나가서 아침에 들어온다니까."

세 번째 집에는 할머니가 혼자 살고 있었다. 현관에 들어서자 해묵은 것들이 풍기는 퀴퀴한 냄새가 났다. 내가 집을 둘러보는 동안 할머니는 말없이 일일드라마를 봤다. 최대치로 소리를 높인 텔레비전 안에서 남자와 여자가 소리를 지르며 싸우기 시작하자 귀가 멍멍했다. 할머니는 귀가 잘 들리지 않는 모양이었다. 텔레비전 뒤로 검은 곰팡이가 번지고 있었다. 집도, 가구도, 할머니도 나이가 아주 많아 보였다.

그날 본 집들은 선택하지 않았다. 그런데도 내가 살지 않은 집들과 그 집에 사는 여자들이 자꾸 떠올랐다. 세 여자의 집에 살고 있는 내 모습을 상상했다. 작은 방에서 세 아이를 돌보는 여자, 동이 트는 시간 담요로 햇빛을 가린 방에서 잠을 청하는 여자, 곰팡이가 핀 벽에 기대어 우두커니 텔레비전을 보는 여자. 그 여자들이 모두 가깝거나 먼 미래의 나인 것 같았다.*

더는 재개발 지역에 집을 보러 가지 않았다. 내가 나가면

에곤 실레와 루이 비통

아무도 들어오지 않을 장소, 가뭇없이 허물어질 공간에 살고 싶지 않았다. 황폐하고 소슬한 동네를 헤매고 싶지 않았다. 머리가 헝클어진 여자, 아침에 자는 여자, 혼자 텔레비전을 보는 여자를 만나고 싶지 않았다.

몇몇 동네를 거쳐 성동구 금호동으로 갔다. 금호동 일대도 재개발이 추진되고 있었지만 뉴타운이 아니라 개별 구역으로 진행되어 사업에서 제외된 곳이 몇 군데 있었다. 어느 저녁 부동산 중개업자를 따라 금호동 언덕길을 올랐다. 좁은 골목은 경차 한 대가 겨우 지나갈 정도였고 이중삼중으로 들어찬 다가구주택은 서로의 창문을 가로막고 있었다. 비탈길을 오르다가 머리 위를 올려다보았다. 가로등에 불이 들어오지 않아 골목은 몹시 어두웠다.

집은 서울의 어느 주택가에서나 볼 수 있는 빨간 벽돌의 다가구주택이었다. 열 평대의 다른 투룸과 달리 작은 거실이 있었고 전 세입자가 사비를 들여 변기와 세면대를 교체한 덕분에 보통의 셋집보다 욕실이 깔끔했다. 한 층에 한 가구만 거주하고 있어서 조용할 듯했고 방 두 개의 크기가 비슷해서 동생과 공평하게 사용할 수 있을 것 같았다. 주인 아주머니는 싹싹한 말투로 "우리 식구 될 거유?"라고 물었다. 웬일인지 그 말에 안도감이 들었다. 아주머니는 집을 짓고 나서 하루도 빠짐없이 건물 청소를 해왔다고 했다. 그래서인지 10년이 훨씬 넘은 연식에도 불구하고 그 동네의 다른 집보다 상태가 좋았다.

계약을 하기로 거의 마음을 굳힌 뒤에도 좁고 가파른 골목이나 불이 들어오지 않는 가로등이 마음에 걸렸다. 동생이 퇴근 후 캄캄한 골목을 걸어와야 하는 것이 걱정스러웠다. 비탈길을 여러 번 오르내리며 휴대폰 타이머로 시간을 재보았다. 빠른 걸음으로 걸으면 1분 30초쯤 걸렸다. 곤경에 처했을 때 이것은 긴 시간일까, 짧은 시간일까? 몇 가지 장점에 대해 생각했다. 쇠락한 분위기에도 불구하고 이 주택가는 재개발 구역이 아니었다. 골목만 벗어나면 전철역까지 3, 4분 거리였고 한강 다리를 건너면 바로 동생의 회사가 나왔다. 러시아워에도 20분이면 출퇴근할 수 있을 것이다. 고장 난 가로등을 올려다보며 중얼거렸다. "구청에 민원을 넣으면 해결해주겠지?" 나는 집을 계약했다.

동생이 출근하면 집 안 구석구석을 열심히 쓸고 닦았다. 발코니도, 붙박이장도 없었지만 어떻게든 빈 공간을 만들어 플라스틱 대야나 청소용품 같은 물건을 감춰보려고 애썼다. 냉장

에곤 실레와 루이 비통

고와 벽 사이의 좁은 틈에 빨래건조대를 끼워 넣고, 한쪽 벽을 커튼으로 가려 서른 개들이 두루마리 휴지와 여섯 개들이 생수를 그 안에 숨겼다. 그릇과 접시의 개수를 줄여서 싱크대 하부장에 쌀통이 들어갈 자리를 만들었다. 계절이 지난 이불은 압축팩에 담아 침대 밑에 넣었다.

내 방에는 1990년대에 지은 주택에서 흔히 볼 수 있는 돌출창이 있었다. 가슴 높이에서 시작되어 천장까지 이어지는 120센티미터 정도 높이의 나무 창문이었다. 창은 외부창과 내부창으로 이중이었고 두 창 사이에 꽤 널찍한 공간이 있었다. 그곳에 제라늄이나 히아신스를 키우고 싶었다. 식물이 있으면 옥색 싱크대와 조잡한 장식몰딩이 들어간 방문과 MDF로 만든 저가 가구도 봐줄 만해질 것 같았다. 그러나 수납공간이 전혀 없는 집에서 화분을 놓는 것은 공간 낭비였다. 그곳은 선풍기나 철 지난 옷을 보관하는 창고가 되었다. 창문 앞에 짐을 쌓아둔 탓에 햇볕은 들지 않았지만 잘 정돈된 집을 보면 기분이 좋았다. 리모델링 공사를 하거나 마음에 드는 가구를 사들일 수는 없어도 단정하고 깨끗한 집에 살고 싶었다.

싸구려 벽지를 감추려고 벽에 사진과 그림을 붙였다. 에곤 실레의 화집에서 오려낸 그림들은 침대 옆에, 사진집에서 잘라

낸 작가의 사진들은 책상 앞에 붙였다. 쑥스럽지만 내 방이 작가의 방처럼 보이기를 바랐다. '진짜' 작가라면 다른 작가의 사진을 붙이지 않을 거라는 생각은 하지 못했다. '진짜' 작가라면 책상 앞에 남의 사진 대신 원고 청탁서나 마감 날짜가 표시된 스케줄 표가 있을지 모른다는 생각도 하지 못했다. 컴퓨터 모니터에는 작가들의 격언이 적힌 포스트잇을 붙였다. "글에서 '매우', '무척' 등의 단어만 빼면 좋은 글이 완성된다"는 마크 트웨인의 말이나(나는 '좀처럼' 부사를 포기하지 못했다), "모든 초고는 걸레"라는 헤밍웨이의 말을 옮겨 쓴 것이었다(걸레 같은 초고를 쓰고 있을 때 위로가 되었다).

책을 정리하는 데에도 심혈을 기울였다. 장르별로 분류했다가 출판사별로 분류했다가 작가별로 분류했다. 마지막에는 색깔별로 꽂은 뒤 이 방법이 가장 괜찮다고 생각했다. 문득 재개발지역에서 봤던 어떤 집에도 책이 없었다는 사실이 떠올랐다. 어쩌면 집 안 어딘가에는 『상실의 시대』 같은 베스트셀러나 『호밀밭의 파수꾼』 같은 스테디셀러가 있었을지 모르지만 책장을 본 기억은 없었다. 책장은 실용성 없는 물건인 책을 수납한다는 점에서 사치스러운 가구이자, 큰 무게와 부피로 인해 작은 집에는 거추장스러운 가구였다. 열 평대의 집에서 제외해야 하는 가구가 책장만은 아니지만, 책이 없는 집은 소파가 없는 집이나 4인용 테이블이 없는 집과는 다를 것 같았다. 책이 한 권도 없는 집을 상상하니 어쩐지 쓸쓸했다. 나는 시를 프린트한 A4용지를 벽에 붙였다. "그리운 것들은 그리운 것들끼리 몸이 먼저 닮아 있구나"(허수경, 「기차는 간다」, 『혼자 가는 먼 집』), "아직도 여기는 너라는 이름의 거울 속인가 보다"(김혜순, 「한 잔의 붉은 거울」, 『한 잔의 붉은 거울』) 같은 시구를 바라보며 이런 문장이 있는 공간이면 아주 누추하지는 않은 거라고 스스로를 위안했다.

내가 나름의 방식으로 현실의 남루함을 감추고 있을 때, 동생은 다른 방식으로 삶의 궁핍함을 숨기고 있었다. 가방과 구두 디자이너인 동생은 자신이 일하는 업계를 '연봉과 맞먹는 가방을 들고 다니는 사람들이 있는 곳'이라고, '몸에 걸친 옷과 가방과 구두로 안목을 평가받는 곳'이라고 표현했다. 동생은 유행에 민감하고 소비에 관대한 업계 분위기를 쫓아가느라 힘겨워했다. 언제나 나보다 더 많이 포기하고 더 많이 짐을 졌던 동생은 그때도 혼자 많은 것을 감당하고 있었다. 무명의 신인작가인 나도 동생의 어깨에 얹힌 짐이었다.

직장 상사에게 "'명품 백' 하나 없는 가방 디자이너는 너밖에 없다"는 핀잔을 듣고 얼마 뒤, 동생은 루이 비통 핸드백을 할

부로 구매했다. 우리는 '루이 비통'을 변형해 가방에 '비똥이'라는 애칭을 붙여주기까지 했다. 며칠 뒤 외출을 하려다 동생이 놓고 간 가방을 보았다. 한 번쯤은 내가 빌려 써도 괜찮을 것 같았다. 잠시 망설이다 가방을 들고 집을 나섰다. 쇼핑하는 친구를 따라 백화점에 갔고 지하식당가에 있는 회전초밥 집에서 밥을 먹었다. 큰일이 났다는 사실을 깨달은 것은 두 번째 접시를 막 비웠을 때였다. 옆자리에 올려둔 가방이 사라져 있었다.

나는 정신 나간 사람처럼 백화점을 뛰어다녔다. 수백만 원짜리 가방을 가진 사람이 얼마나 많은지 처음 알게 된 날이었다. 시선을 돌리는 곳마다 루이 비통 핸드백이 보였다. 비슷한 가방을 든 사람이 보이면 창피한 줄도 모르고 남의 가방을 살펴보았다. 분실물 센터를 찾아가고 백화점 바깥까지 둘러본 뒤, 화장실 쓰레기통에 버려져 있던 내 지갑을 찾아냈다. 오래전 동대문 시장에서 구매한 낡은 지갑 안에는 천 원짜리 지폐 하나가 덩그러니 남아 있었다.

그날 밤 집에 돌아온 동생을 보자마자 울음을 터뜨렸다. 동생이 깜짝 놀란 얼굴로 물었다. "왜 그래? 무슨 일 있었어?" 나는 자초지종을 설명하고 다시 울기 시작했다. 동생에게 그렇게 미안했던 적은 처음이었다. 동생은 너무 황당해서 화도 내지 못하다가 쓸쓸한 목소리로 말했다. "울지 마. 언니가 누구한테 해코지라도 당하고 온 줄 알았지 뭐야. 가방이야 나중에 다시 사면 되지."

며칠 뒤 우리는 비똥이에 대한 시답잖은 농담을 했다. 시간이 더 흐른 뒤에는 루이 비통 가방을 든 사람만 봐도 "비똥이, 비똥이"라고 속닥대며 키득거렸다. 서럽거나 속상한 일도 동생과 이야기하면 재미있는 농담거리처럼 느껴졌다. 함께 가파른 비탈길을 올라올 때마다 "공짜로 운동하고 좋네"라는 농담을 질리지도 않고 되풀이했던 것처럼. 회사에서 엉엉 울었던 일을 집에 돌아와 깔깔 웃으며 이야기했던 것처럼.

그러나 동생에게 털어놓지 못한 이야기, 끝내 농담이 되지 못한 이야기도 있었다. 화장실 쓰레기통에 무참히 버려져 있던 지갑을 발견한 순간의 기분처럼. 훔쳐갈 가치조차 없는 낡은 싸구려 지갑은 루이 비통 핸드백으로 감출 수 없는 나의 현실이었다. 가방을 가져간 사람은 본의 아니게 나의 진짜 현실을 알게 된 셈이었다.

우리가 사는 주택가에는 현실이 있었다.

집주인 아주머니는 지독한 구두쇠였다. 이사 온 첫 겨울에 보일러가 멈춰버리자, 아주머니는 세입자의 부주의가 원인이라고 주장하면서 보일러 교체 비용을 우리에게 떠넘기려 했다. "이거 수명이 다 돼서 그런 거예요." 수리 기사가 그렇게 말하자 아주머니는 아쉬운 표정으로 돈을 지불했다. 다음 해 여름 에어컨 배관을 연결하기 위해 벽에 타공을 해도 되냐고 양해를 구했을 때는, 유리창을 깨서 파이프를 밖으로 내보내고 이사 갈 때 창문 값을 물어내라고 했다.

"배관 구멍을 만들어두면 세입자가 유리창을 깨고 가는 일을 반복하지 않아도 돼요."

내 말에 아주머니는 벌컥 화를 냈다.

"만약에 다음 세입자가 에어컨을 설치하지 않으면 어떡할래? 그 사람이 구멍을 메워달라고 하면 어떡하고? 그럼 내 돈을 써야 하잖아."

아주머니는 실외기를 외벽에 설치하는 것도 허락하지 않았다. 아주머니가 실외기 자리로 지정해준 곳은 외부창과 내부창 사이, 내가 화분을 놓고 싶어 했던 바로 그 자리였다. 그곳은 실내의 일부여서 에어컨을 켜면 방 안으로 실외기의 소음과 열기가 들어왔다. 설치가 끝난 뒤 내가 침울한 표정으로 실외기를

에곤 실레와 루이 비통

바라보자 에어컨 기사는 험담과 덕담을 함께 해주었다. "망할 집주인이네요. 빨리 돈 벌어서 이사 가세요."

아주머니는 자주 '만약에'라는 가정법으로 시작해 '내 돈을 써야 한다'라는 결론을 내렸다. 몇 년 뒤 내가 그 집을 나오면서 에어컨을 두고 가겠다고 했을 때도 마찬가지였다.

"안 돼."

"무료로 드리는 거예요. 이 집에 옵션이 생기는 거라고요."

"만약에 다음 세입자가 에어컨을 원하지 않으면 어떡할래? 그러면 철거하느라 내 돈을 써야 하잖아. 나중에 에어컨이 고장 나면 또 어쩌고? 그때도 수리하느라 내 돈을 써야 하잖아."

주택가 길목에서 매일 러닝셔츠 바람으로 담배를 피우는 50대 남자가 있었다. 그는 나와 동생이 지나갈 때마다 몇 초 동안 얼굴을 빤히 쳐다본 뒤 머리부터 발끝까지 천천히 훑어보았다. 눈이 마주치면 고개를 돌리기는커녕 히죽히죽 웃으며 담배 연기를 내뿜었다. 그의 시선이 얼굴을 지나 목덜미, 가슴, 엉덩이, 허벅지, 종아리 순으로 내려가면 몸에 벌레가 기어가는 기분이었다. 한여름에 소매가 없는 원피스나 다리가 드러나는 반바지를 입을 때면 제발 그가 나와 있지 않기를 바랐다.

'가래침 테러리스트'인 택시기사도 있었다. 좁은 골목이 어

지럽게 이어지는 주택가에는 주차 공간이 없었다. 그나마 주차
가 가능한 곳은 큰길에서 주택가로 이어지는 초입이었는데 가
장 목 좋은 자리에는 항상 개인택시가 주차되어 있었다. 허가되
거나 지정된 주차 장소가 아니었지만 택시기사는 그곳을 전용
자리로 여겼다. 다른 사람이 그 자리에 차를 대면 목구멍 깊숙
한 곳에서 가래를 끌어올려 "캬악 퉤!" 하는 소리와 함께 누런 가
래침을 앞 유리창에 뱉어놓았다. 그리고 그 자리에 없는 차주를
향해 저주에 가까운 악담을 퍼부었다.

건너편 주택에는 이틀에 한 번 꼴로 싸움을 하는 부부가 살
았다. 남자와 여자의 욕설이 번갈아 들리고 나면 무언가가 깨지
고 부서지는 소리가 났다. 마지막에는 대성통곡하는 소리가 들
렸고 가끔은 경찰이 출동했다. 비닐봉지에 대충 쓰레기를 욱여
넣어 남의 집 앞에 버리는 사람이 있었다. 틀린 맞춤법으로 쓴
경고문이 있었다("이곳에 또 쓰래기를 버리면 고발하겠읍니다"). 성
난 얼굴로 돌아보는 사람, 눈이 마주쳤다고 시비를 거는 사람,
건드리면 울음을 터뜨릴 것 같은 사람이 있었다.

내가 동네 분위기에 진절머리가 났을 무렵, 그래서 보광
동과 옥수동으로 집을 보러 다니고 있던 시기, 1층에 새로운 세
입자가 이사를 왔다. 점잖은 인상의 중년남성과 기품 있는 분

위기의 중년여성, 그리고 표정이 밝은 10대 남매가 한 가족이었다.

"위층에 사는 선생님이시지요?"

며칠 뒤 건물 입구에서 마주친 1층 남자가 인사를 건넸다. 나도 미소를 지으며 대답했다.

"새로 이사 오신 선생님이시네요. 반갑습니다."

'선생님'은 이 동네에서 주고받을 거라고 생각하지 못한 호칭이었다. 사람들은 서로를 아저씨, 아줌마, 아가씨, 가끔은 어이, 형씨 등으로 불렀다. 성별과 나이를 불문하고 상대를 선생님이라고 존칭하는 사람은 내가 만난 동네 주민 가운데 그가 유일했다.

바깥이 소란스러웠던 어느 저녁, 창밖을 내다보니 두 남자가 집 앞에서 다투고 있었다. 주차든 쓰레기든 자주 싸움이 일어나는 동네라 웬만한 일에는 심드렁했지만 그때만큼은 그럴수 없었다. 둘 중 한 사람이 '1층 선생님'이기 때문이었다. 그는 막무가내로 욕설을 퍼붓는 상대를 진정시키려고 애쓰며 "제가 다 잘못했습니다"라거나 "조금만 진정하시죠" 같은 말을 했다. 무엇보다 그 와중에도 상대를 '선생님'이라고 부르고 있었다. 남자가 누구 하나 후려칠 기세로 날뛰기 시작하자 그는 어쩔 줄 몰라 하며 "선생님 제발, 선생님 제발"이라는 말을 반복했다.

앞뒤 사정은 모르지만 1층 선생님이 잘못했을 리 없었다. 욕설을 퍼붓는 사람과 자기 잘못이라고 말하는 사람, 상대를 "개새끼"라고 부르는 사람과 "선생님"이라고 부르는 사람 중에서 후자가 잘못했을 리 없었다. 잠시 후 남자는 싸움을 말리러 나온 1층 선생님의 부인과 딸을 향해, 차마 옮겨 쓸 수 없는 성적 모욕의 뉘앙스가 강한 욕설을 퍼부었다. 그 순간 1층 선생님은 한계에 다다랐다. 그는 더 이상 상대를 선생님이라고 부르지 못했다. "그만하라고, 이 새끼야!" 욕설이라기보다는 울부짖음처럼 느껴지는 그 말을 듣는 순간, 나는 울고 싶어졌다.

세상에는 열악한 환경에서도 품위를 잃지 않으려고 애쓰는 사람이 있었다. 그런 사람조차 기어이 바닥을 드러내게 만드는 동네가 있었다. 품위 있는 사람이 되고 싶었다. 내가 존중받기를 원하는 만큼 타인을 대접하는 사람, 나의 상처가 아픈 만큼 남의 마음을 섬세하게 헤아리는 사람이고 싶었다. 품위는 인간에 대한 예의이자, 가진 것 없는 자가 자기혐오에 빠지지 않기 위해 마지막까지 지켜야 할 방어선이었다. 나는 매사에 '내 돈을 써야 하는 일인가'만 생각하는 사람, 폭력적인 시선으로 남을 쳐다보는 사람, 남의 차에 가래침을 뱉는 사람, 욕설을 퍼

에곤 실레와 루이 비통

붓고 악을 쓰는 사람이 결코 되고 싶지 않았다. 나뿐 아니라 누구도 그런 사람이 되기를 바라지 않을 것이다. 다들 그런 사람이 되고 싶지 않았지만 결국 그런 사람이 되고 만 것이다. 어떤 환경에 있는 사람에게는 자연스럽게 몸에 배는 품위와 교양과 인격이 다른 환경에 있는 누군가에게는 필사적인 노력을 통해 만들어야 하는 태도였다. 피곤하고 지친 나머지 끝내 화만 남은 이들에게는 인간성을 유지하는 데에도 노력이 필요했다. 나는 이웃들을 좋아할 수 없었지만 차마 미워할 수도 없었다.

　　등단한 뒤 열 편의 단편소설과 한 편의 중편소설을 발표했다. 소설의 원고료는 매당 만 원이 안 되었고 책은 1쇄도 다 팔리지 않았다. 창작지원금을 합쳐 3천만 원 남짓한 돈이 내가 5년 동안 소설로 벌어들인 수입의 전부였다. 가끔 아르바이트를 했지만 생계를 유지하기엔 턱없이 부족했다. 글을 쓰면 쓸수록 가난해졌다. 애초에 직업이 될 수 없는 일을 직업으로 여겼는지도 몰랐다. 월세부터 생활비까지 거의 모든 돈을 동생에게 의존했다. 나의 글은 가족을 착취한 결과였다.
　　언제부터인가 동생과 나는 이야기를 나누지 않았다. 우리의 집이나 상황을 농담거리로 삼지도 않았다. 밤늦게 퇴근하면 동생은 피곤한 얼굴로 자기 방에 들어가 문을 닫았다. 회사에서 안 좋은 일이 있었냐고 물으면 시큰둥한 목소리로 대답했다. "매일 안 좋지, 뭐." 한밤중에 주방이나 화장실에 가다가 방문 너머에서 흘러나오는 울음소리를 듣곤 했다. 나는 대부분 그 소리를 못 들은 체했지만 가끔은 머뭇거리다 문을 열고 물었다. "괜찮아?" 동생의 모습 대신 침대 위에 동굴처럼 솟아 있는 이불이 보였다. 이불 속에서 동생이 베개로 얼굴을 틀어막은 채 울고 있다는 것을 알았지만 불을 켜거나 이불을 젖히지 못했다.

동생은 다른 기억을 가지고 있었다. 집에 돌아오면 내가 전등도 켜지 않은 방에 누워 가만히 천장을 바라보고 있었다고 했다. 왜 그러고 있냐고 물으면 대답하지 않았다고 했다. 한밤중에 주방이나 화장실에 갈 때면 불 꺼진 내 방에선 컴퓨터 모니터의 푸른빛이 새어 나왔고, 나는 아무것도 쓰이지 않은 모니터 속의 백지를 멍하니 바라보고 있었다고 했다. 그게 자신이 기억하는 그 집에서의 언니 모습이라고.

"따로 살자."

어느 날 동생이 말했다.

"왜?"

"이제 나도 서른이니까."

동생의 책상 위에는 최승자의 『이 시대의 사랑』이 놓여 있었다. 나는 동생이 "이렇게 살 수도 없고 이렇게 죽을 수도 없을 때 서른 살은 온다"는 구절을 읽고 그런 결심을 하지 않았을까 짐작했다. 왜 그런지 동생의 회사에 찾아간 날이 떠올랐다. 나는 로비에서 동생을 기다리고 있었다. 건물의 인테리어도, 로비를 오가는 사람들의 옷차림도 근사하고 세련되어 보였다. 엘리베이터에서 내려 내 쪽으로 걸어오는 동생은 발목까지 내려오는 슬립 드레스에 디자이너 브랜드의 재킷을 걸치고 있었다. 동생이 그 장소에 잘 어울려 보이는 데 안도하면서도 그 아이가 매일 느낄 괴리감을 상상하지 않을 수 없었다. 화려한 사람들로 가득한 건물을 빠져나와, 만원 전철을 타고, 어둡고 가파른 골목을 걸어올 때의 기분을. 그동안 동생은 누구에게도 우리의 남루함을 들키지 않았을 것이다.

"그래, 따로 살자."

우리는 이 집에서 "이렇게 살 수도 없고 이렇게 죽을 수도 없"는 시간을 너무 오래 보낸 것이 아닐까? 그 시간을 지나오며 농담을 할 수도, 위로를 건넬 수도 없는 사람이 된 것은 아닐까? 동생과 헤어지면 MDF 가구와 중고 매트리스와 낡은 지갑을 버려야겠다고 생각했다. 숨기고 감추려는 노력도 그만두고 싶었다. 시를 읽고 소설을 써도, 그림과 사진으로 싸구려 벽지를 감춰도, 나는 나의 현실을 잊은 적 없었다. 재개발의 희망조차 사라진 쇠락한 동네를 오르내리며, 창문 밖에서 오가는 거친 말소리를 들어야 하는 진짜 현실을. 나는 떠나기 전에 이 동네에 많은 것을 버리고 싶었다. 에곤 실레의 그림, 시가 적힌 종이, 쓰이지 않은 소설, 직업이 될 수 없는 직업 같은 것들을.

* 재개발 지역에서 세 개의 집을 본 이야기는 단편 「가장 먼 길」(『달팽이들』, 창비, 2011)에도 담은 바 있다.

에곤 실레와 루이 비통

5

집다운 집

아등바등 애쓴다는 것

고양시 덕양구 행신동 (1)

동생과 헤어졌을 때 그 아이는 서른 살, 나는 서른두 살이었다. 동생은 "나도 이제 서른이니까"라고 말했지만 물리적 나이와 정신적 나이가 언제나 일치하는 것은 아니라면, 잉에보르크 바흐만의 말처럼 서른이 "무엇인가 불안정하다"는 느낌과 "더 이상 젊지 않다"는 느낌이라면, 내가 서른이 된 것도 바로 그 순간이었다.

　　"삼십 세에 접어들었다고 해서 어느 누구도 그를 보고 더 이상 젊지 않다고 말하지는 않으리라. 하지만 그 자신은 일신상에 아무 변화를 찾아낼 수 없다 하더라도 무엇인가 불안정하다고 느낀다. 스스로를 젊다고 내세우는 게 어색해진다."

스물아홉 살 생일부터 서른 살 생일까지 1년 동안의 심경 변화를 담아낸 바흐만의 『삼십세』는 이렇게 시작한다. 내가 불안정함을 느낀 것은 동생이 따로 살자고 말했을 때부터였다. 동생과의 결별은 정신적, 경제적으로 의존하던 사람의 부재를 의미했다. 어떻게 스스로를 책임져야 할지 고민하지 않을 수 없는 상황이 된 것이다.

그 전까지는 서른이든 서른둘이든 내 나이에 별다른 감흥이 없었다. 스물여덟이 지나면 스물아홉이 되는 것처럼 스물아홉 다음에 서른이 되는 것도 당연하고 자연스러운 일로 여겼다. 동갑내기 친구들이 깜짝 놀란 듯이 '벌써' 서른이라고, '너무' 늙은 거 아니냐고 말했을 때 나는 냉소했다. 그 친구들은 스무 살 때도 똑같은 말을 했었고 마흔 살 때도 똑같은 말을 할 거라고, 10년마다 깜짝 놀라며 '너무' 늙었다는 말을 반복할 거라고 생각하면서.

원하는 것을 모두 이룰 수는 없어도 하나쯤은 성취할 수 있을 줄 알았다. 혁명가, 모험가, 몽상가, 방랑자, 무정부주의자는 될 수 없어도 문학을 하는 사람은 될 수 있을 거라고 생각했다. 하지만 문학을 하는 사람이 되겠다는 것은 혁명가, 모험가, 몽상가, 방랑자, 무정부주의자를 모두 합친 사람이 되겠다는 것이나 마찬가지다. 내가 원하는 모습으로 살기 힘들다는 것을 깨달았을 때, 문학이니 예술이니 하는 것들을 버리고 쓸모 있는 노동자로 살자고 다짐했을 때, 나는 비로소 서른 살이, "스스로를 젊다고 내세우는 게 어색해진" 나이가 되었다. 대가가 주어지는 일을 하고, 나의 일로써 나의 삶을 영위하며, 집다운 집에 살겠다고, 다른 사람이 욕망하는 것을 나도 욕망하기로 마음먹은 것도 그 순간이었다.

독립을 위해 필요한 것은 집과 일이었다. 글을 쓰는 것 말고는 할 줄 아는 일이 없었기에 대필이든 윤문이든 교정이든 글과 관련한 일이면 가리지 않고 맡았다. 에세이와 자기계발서부터 트렌드 서적과 경제서적까지 온갖 분야의 원고를 쓰고 고치고 다듬었다. 대필 작가는 떳떳이 밝히기 어려운 직업이고 외주 교정자 역시 안정적이라고 할 수 없는 직업이지만, 나는 스스로의 노동으로 먹고살 수 있다는 데 안도했다. 청탁이 없어 발표할 수 없는 소설을 쓰고 있을 때 내가 소망한 것은 노동으로서의 글쓰기, 생계를 감당하는 글쓰기였다.

가끔 동료 작가들을 만나면 왜 요즘은 소설을 쓰지 않느냐는 질문을 받았다. 처음에는 돈을 벌어야 해서 소설을 쓸 수 없다고 솔직하게 대답했다. 그러나 너만 힘든 줄 아냐, 작가치고 힘들지 않은 사람이 어디 있냐는 자조 섞인 힐난을 듣고 나서는 그 질문에 대답하지 않았다. 시간이 더 지난 뒤에는 소설가나 시인 들을 만나지 않았다. 나는 오로지 생계를 유지하려고 글을 썼다. 나의 정체성은 작가가 아니라 집필 노동자였다. 비로소 내 나이에 걸맞은 사람이 된 것 같았다.

　　내 힘으로 보증금과 월세를 마련한 집은 서울에서의 열세 번째 집이었다. 정확히 말하면 서울은 아니었다. 그곳은 더 북쪽, 경계 너머, 고양시였다. 고양시 덕양구 행신동은 서울과 가까우면서 서울보다 시세가 저렴했다. 다가구주택도 연식이 오래되지 않아 깨끗한 집이 많았다. 내가 구한 집은 서울행 노선이 많은 가라뫼 사거리 버스 정류장에서 멀지 않은 주택가에 있었다.

　　실내에 들어서면 왼쪽이 큰방이었다. 집의 전용면적은 13평이지만 큰방은 평수에 비해 넓은 편이라 소형 아파트의 안방만 했다. 큰방을 지나면 주방과 거실을 겸한 공간이 있는데 거실이라기엔 좁아서 식탁 하나를 놓을 정도였다. 현관을 등지고 서면 싱크대는 오른쪽에, 욕실과 작은방은 왼쪽에 위치했다. 정면에는 발코니가 있었다. 상경 후 처음으로 발코니가 생긴 것이다. 꼭대기 층인데다 가로막는 건물이 없어서 햇볕이 무척 잘 들었다. 건물의 외벽은 흰색이고 뒤편에는 작은 주차장이 딸려 있었다. 건물 앞은 2차선 도로였는데 도로 양옆으로는 수형이 잘 다듬어진 가로수가 서 있었고 주택가 옆에는 아파트 단지가 있었다.

금호동 집이 1990년대 보급형 주택의 전형이라면(나무 창, 나무 방문, 갈색 몰딩, 옥색 싱크대, 청록색 타일) 적어도 이곳은 2000년대의 주택 형태를 가지고 있었다. 손때가 묻고 흠집이 나긴 했지만 몰딩과 방문이 흰색이었고, 창에는 꽤 견고해 보이는 새시가 설치되어 있었다. 체리 색 싱크대와 구형 문고리와 낡은 형광등이 있긴 했지만, 게다가 큰방은 붉은 꽃무늬 벽지로 도배되어 있었지만 나는 어느 셀프 인테리어 블로그에서 본 문장을 떠올리며 마음을 다잡았다. '60퍼센트의 집을 90퍼센트로 끌어올리는 것, 그것이 셀프 인테리어입니다.'

금호동을 떠나기로 결심한 뒤, 나는 셀프 인테리어와 가구 리폼과 DIY 정보를 알려주는 블로그에 빠져 있었다. 세상에는 낡은 집과 조야한 가구를 아름다운 것으로 바꾸어놓는 사람들이 있었다. 손수 페인트칠을 하고 도배를 하고 타일을 시공하는

집다운 집

사람들이 있었다. 그들은 독신의 직장인이기도 했고 갓 결혼한 신혼부부이기도 했으며 어린아이가 있는 양육자이기도 했다. 퇴근한 뒤, 가사 노동을 끝낸 뒤, 아이를 어린이집에 보낸 뒤 그들은 페인트 붓과 전동 드릴을 들었다. 낯모르는 입문자를 위해 자신들의 작업과정을 사진과 영상으로 찍어 블로그에 올리고, 각 단계마다 상세한 설명을 곁들이는 수고도 마다하지 않았다. 나는 그들을 따라 셀프 인테리어의 세계에 뛰어들겠다고 다짐했다.

집주인은 미국 보스턴에 거주하고 있었다. 계약은 집주인의 대리인을 맡고 있는 중개사무소에서 이루어졌다. 전 세입자는 이사한 지 3개월 만에 '피치 못할 사정'이 생겨 지방으로 내려갔다고 했다. 계약을 하기 전, 같은 동네에 살고 있는 전 세입자의 여동생이 나를 찾아왔다. 언니가 계약 기간을 채우지 못한 탓에 빈집에 계속 월세를 내고 있었다며, 실제 입주 날짜보다 계약 날짜를 앞당겨달라고 부탁했다. "언니가 아주 힘든 상황이라서 다음 달 집세를 내기가 힘들 것 같아요." 부탁을 들어준다면 나는 거주하기도 전부터 월세를 내야 했지만 승낙했다. 이사 후 집을 수리하는 것보다 빈집을 고치는 것이 편할 것 같아서였다. 한 달 치 월세를 선불로 지급하는 대신 보증금은 이사 날짜에 맞춰 지불하기로 대리인과 합의했다. 입주 전 집을 드나드는 일과 전반적인 수리 사항에 대해서도 허락을 받아두었다.

아빠는 미술을 전공하고 독학으로 건축 디자인을 공부했다. 한때는 누군가의 집을 설계하는 일을 업으로 삼기도 했다. 의뢰가 있든 없든 아빠는 언제나 설계도면을 그렸다. 아빠가 가장 좋아하는 취미 생활이었다. 도면을 완성하면 엄마와 우리 자매를 앉혀놓고 이 집에 어떤 기발한 아이디어가 숨어 있는지, 구조는 얼마나 기능적이면서 독특한지 설명했다. 명문 빌라의 서재에는 아빠가 사들인 건축과 인테리어 책이 빼곡히 꽂혀 있었다. 서재만이 아니었다. 그 책들은 소파에, 식탁에, 의자에, 티테이블에, 심지어 화장실에, 집 안 곳곳에 널려 있었다. 읽는 것을 좋아했던 나는 어른 책이든 아이 책이든 가리지 않고 읽었다. 건축과 인테리어 서적도 즐겨 보던 책이었다.

아빠의 영향인지, 초라한 집에서 자취를 하던 시절에도 해외 블로그나 사진 공유 사이트에서 멋진 집을 찾아보곤 했다. 유럽 어딘가에 있는 그 공간들은 나의 로망이었다. 새하얀 페인트로 도장한 벽, 나뭇결이 선명한 가구, 취향과 안목이 드러나는 소품, 격자창과 리넨 커튼, 녹색 식물과 다채로운 꽃, 투명한 유리잔과 고풍스러운 촛대…. 하염없이 모니터를 바라보다 고개를 들면 플라스틱과 MDF 가구로 채워진 방이 눈에 들어왔다. 그들의 공간과 나의 공간은 대륙의 거리만큼 멀었다.

행신동 집을 계약하고 셀프 인테리어 쇼핑몰에서 자재와 도구를 주문했다. 인테리어 비슷한 것도 해본 적 없었지만 이 분야에서만큼은 아빠의 소질과 감각을 물려받았을 거라고 믿었다. 가장 먼저 할 일은 벽과 몰딩, 방문과 현관문, 싱크대와 발코니에 페인트칠을 하는 것이었다. '모든 것을 흰색으로 칠한다'고 계획하는 것은 간단했지만 실행하는 일은 간단하지 않았다. 페인트를 칠할 자리에 이물질이 없도록 꼼꼼히 청소하고, 싱크대 문짝을 떼어내거나 마스킹테이프로 보양을 하는 단계에만 하루가 걸렸다. 방문과 몰딩의 흠집을 보수하고 페인트가 매끄럽게 칠해지도록 프라이머 작업을 하는 데 또 하루가 걸렸다. 페인트 뚜껑을 딴 것은 사흘 만이었다.

나흘째 되는 날 저녁, 나는 큰방의 벽을 칠하고 있었다. 두 번이나 페인트칠을 했지만 지긋지긋한 붉은 꽃무늬가 여전히 드러나 있었다. 밥을 먹고 세 번째 페인트칠을 해야겠다고 생각했다. 집 앞에 있는 식당에서 저녁식사를 하고 돌아오니 낯선 남자가 방 안에 서 있었다. 그는 흰색 페인트가 묻은 트레이닝복 차림으로 서 있는 나와, 온갖 도구로 난장판이 된 방을 쳐다보다가 황당한 표정으로 물었다.

"누구세요?"

내가 되물었다.

"그쪽은 누구세요?"

그는 전 세입자의 남동생이었다. 지방에 사는 그는 친구를 만나려고 서울에 왔다고 했다. 잠잘 곳이 마땅치 않았는데 누나가 자신의 집이 비어 있으니 그곳에서 하룻밤을 지내라고 했다는 것이었다. 전 세입자는 여동생이나 집주인 대리인에게 아무 설명을 듣지 못한 것일까? 그가 알려준 전 세입자의 번호로 전화를 걸었다. 서로의 상황을 모르고 있을 뿐 누구의 잘못이 아니라고 생각했다. 상대는 그렇게 생각하지 않았다. 내가 자기소개를 하고 상황을 설명하자 그녀는 갑자기 반말로 고함을 질렀다.

"당신이 뭔데 내 집에 함부로 들어와? 당신이 뭔데? 주거침입으로 신고할 줄 알아!"

"아까 말씀드렸다시피 집주인의 허락을 받았는데요."

정확하게는 '집주인의 대리인'과 합의한 것이지만 뒷말을 생략해도 그녀가 이해하리라 생각했다. 하지만 그녀는 더욱 흥분했다. '집주인'이라는 단어가 심기를 건드린 모양이었다.

"누가 '집주인'이야? 내가 '집주인'이야! 거긴 아직 '내 집'이라고!"

나와 같은 세입자이면서 '집주인'이라는 단어를 힘주어 발음하는 그녀의 말을 듣고 있으니 혼란스러웠다. 두 세입자가 다투는 이런 상황이 아니라도 누가 이곳의 주인인가? 소유자인가, 거주자인가? 흔히 말하듯이 소유자만이 집주인이라면 언제나 세입자였던 나는 한 번도 주인이 아니었던 사람, 집 없는 사람이었던 것일까?

'집주인'에서 촉발한 생각은 엉뚱하게도 금호동에서 만났던 열쇠 수리공으로 옮겨갔다. 금호동을 떠나기 얼마 전, 열쇠를 잃어버리는 바람에 현관 자물쇠를 통째로 바꿔야 했던 적이 있었다. 그는 다양한 가격대의 자물쇠를 보여주며 어떤 것으로 하겠느냐고 물었다. 나는 가장 저렴한 것으로 달라고 말하면서 민망한 기분이 들어 덧붙였다. "저희 집이 아니고 월셋집이거든요." 나이가 지긋한 열쇠 수리공은 잠시 내 얼굴을 바라보더니 말했다. "사는 동안은 '내 집'이죠, 월셋집이든 전셋집이든." 나는 그런 생각을 해본 적이 없었다. '나의 집이 생기면' 창문에는 흰색 커튼을 달고 창가에는 잎이 푸른 식물을 키워야지, 라고 생각했다. '나의 집이 생기면' 질 좋은 침구와 수건과 실내화를 사용해야지, 라고도 생각했다. 그토록 소박한 소망조차 현재의 집에서는 이루지 못할 일로 여겼다. 어떤 곳도 나의 집이라 생각하지 않았으므로.

그녀는 "내 집", "나가", "주거침입"이라는 세 마디를 계속 되풀이하고 있었다. 설명을 들으려 하지 않았고 말을 가로채기도 했지만, 그녀의 여동생이 부탁해서 내가 이사 전부터 월세를 내고 있다는 사실과 그 기간 동안 집을 수리하기로 합의했다는 사실을 겨우 전달할 수 있었다.

"수리?"

여자가 의아한 듯 말했다.

"그 사람들이 웬일이래? 내가 화장실 문짝 좀 바꿔달라고 했을 때는 들은 척도 않더니."

나는 집주인이 수리해주는 것이 아니라 나의 사비와 노동력으로 하고 있는 일이라고 설명했다. 여자는 내 말을 금방 이해하지 못했다. 이해하고 나서는 할 말을 잃은 것 같았다.

"아니, 그러니까 그쪽이 자기 돈과 시간을 써가면서 아등바등 집을 고치고 있단 말이야? 월셋집을? 누구 좋으라고?"

그녀는 갑자기 웃음을 터뜨렸다. 히스테릭한 웃음은 한참 동안 이어졌다. 나는 웃음이 그치기를 기다렸다가 대답했다.

"사는 동안은 내 집이니까요, 월셋집이든 전셋집이든."

더 하고 싶은 말이 있었지만 하지 않았다. 집다운 집에 살고 싶다고 말하지 않았다. 흰색 커튼, 녹색 식물, 질 좋은 침구와 수건과 실내화에 대해서도 말하지 않았다. 나는 불만이 있으면 중개사무소와 이야기하라고 말하고 전화를 끊었다. 남자는 난감한 표정으로 나를 바라보았다.

"누나가 말이 좀 심하죠. 이해해주세요. 상황이 안 좋아서 그래요. 이 집에 살 때 힘든 일이 많았거든요."

그는 중얼거림처럼 들릴 정도로 작게 덧붙였다.

"이혼한 것도 그렇고요…."

전 세입자의 '피치 못할 사정'이 그것인 것 같았다.

"화정역 쪽에서 찜질방을 하나 봤어요."

내가 말했다.

"오늘은 거기서 주무시면 어떨까요? 여기는 너무 어지럽혀져 있어서 주무실 수 없을 거예요."

그는 고개를 끄덕였다. 헤어지기 전 그가 말했다.

"누나 대신 제가 사과드릴게요. 죄송해요. 이 집에서 잘 사시면 좋겠어요."

　　다음 날도, 다음다음 날도 페인트칠을 했다. 한겨울이지만 환기를 하려면 창문을 열어둘 수밖에 없었다. 코가 시리고 손가락이 곱아도 페인트칠을 하다 보면 등에서 땀이 흘렀다. 일주일째 되던 날 롤러를 집어던지고 바닥에 누웠다. 팔, 다리, 어깨, 허리, 아프지 않은 곳이 없었다. 추운 곳에서 땀을 흘린 탓인지 몸살기가 밀려왔다. 전 세입자가 이 집에서 보냈던 불운의 시간이 허공을 떠돌고 있는 것처럼 느껴졌다. 그녀와 달리 나는 이 집에서 행복해질 수 있을까? 집 안 어디에선가 여자의 목소리가 들렸다. "자기 돈과 시간을 써가면서 아등바등 집을 고치고 있단 말이야?"

　　페인트칠이 끝난 것은 일주일이 지나서였다. 블로그에 올라온 영상을 보면서 기존에 달려 있던 조명과 문고리 등을 떼어냈다. 예상치 못한 문제가 끊임없이 튀어나왔다. 새로 바꿔 단 스위치는 제대로 부착되지 않아 덜렁거렸고 문고리는 아무리 힘을 줘도 손잡이가 움직이지 않았다. 욕실의 휴지걸이를 바꾸거나 커튼 봉을 설치하는 것처럼 비교적 간단할 것 같았던 일도 한 번에 되는 경우가 없었다. 실수와 오류와 시행착오 사이에서 분투할 때마다 여자의 목소리가 귓가를 맴돌았다. "자기 돈과 시간을 써가면서 아등바등 집을 고치고 있단 말이야?"

　'아등바등'이라는 표현이 머릿속을 떠나지 않았다. 그것은 '무언가를 이루려고 부단히 애쓰는 모양새'라는 의미였다. 돌이켜보니 아등바등 살아본 적이 없었다. 그렇게 사는 것을 비참한 일로 여기면서 건성으로 살고 있었던 것 같았다. 하지만 그동안 가족들은 나의 몫까지 아등바등 살았을 것이다. 나는 누군가의 몸부림을 밟고서 서울행 기차를 타고, 학교를 다니고, 집을 구하고, 글을 썼을 것이다. 내가 지낼 공간을 더 나은 곳으로 만들려고 안간힘을 쓰는 시간은 처음으로 스스로를 책임지기 위해 아등바등하는 순간이었다. 시간과 노력을 기울이면 이 집이 온전한 나의 집이 되리라 믿었다. 내가 바꾼 공간이 이곳에서 보낼 나의 시간을 바꾸리라 기대했다. 그렇게 일상의 모든 것이 더 좋아지리라는 희망을 품었다. 아등바등하지 않으면 아무것도 이루지 못할 것이다. 절박하게 애쓰지 않으면 나의 것이라 부를 수 있는 것은 하나도 없을 것이다. 집을 고치며 나는 진심으로 그렇게 믿었다.

　모든 일이 끝나자 집은 이런 모습이다. 침실로 사용하는 큰방의 중앙에는 퀸 사이즈 침대를 놓았고 침대 위에는 흰색 리넨 침구를 깔았다. 침대의 오른편 모퉁이에는 커다란 전신거울을 세워두었고 거울 옆의 창문에는 나무 블라인드를 달았다. 침대의 왼쪽 벽에는 행거가 있는데 기역자 형태의 레일에 흰색 커튼을 달아서 옷가지는 보이지 않는다. 침대 발치에 놓인 서랍장과 화장대는 원래 평범한 흰색이었지만 옅은 나무색과 회색이 도는 민트 색으로 바꾸었다. 서랍장과 화장대의 상판에 우드 스테인을 칠한 나무를 붙이고 서랍의 문짝을 페인트로 칠한 것이다.

작업실은 남향이고 큰 창이 있어서 방 곳곳에 크고 작은 화분을 놓았다. 방은 세로가 좁고 가로가 긴 직사각형 형태다. 가로 벽에는 책장 세 개를 나란히 붙여두었고 맞은편 벽에는 공간에 비해 큰 테이블을 놓았다. 내가 책상으로 사용하는 그 테이블은 금호동에 살던 시절 중고가게에서 구매한 것이다. 원목 소재가 좋고 단순한 디자인이라 금호동 집을 나올 때 가져온 몇 안 되는 가구다. 작은 방에 놓기에는 큰 편이지만 나는 공간의 비례를 깨뜨리는 가구를 놓는 것이, 특히 그 가구가 책상이라는 점이 마음에 든다.

아이보리 색으로 칠한 싱크대 앞에는 물푸레나무로 제작

한 식탁이 있다. 주방 옆의 발코니에는 세탁기와 소형 주방가전이 있는데 유리문을 흰색 커튼으로 가려 집 안에서는 보이지 않는다. 식탁 뒤 벽면에는 고무나무로 만든 작은 사이드보드를 놓았고 그 위에는 액자, 탁상시계, 라디오, 향초 등을 올려두었다. 형광등을 떼어낸 자리에는 펜던트 조명이나 할로겐 전구가 들어가는 레일 조명을 설치했다. 집 안 곳곳에 플로어 램프나 테이블 램프도 두었다. 해가 지면 조명은 하나나 둘만 켜둔다. 나는 낮에는 밝고 밤에는 어둑한 공간이 좋다.

쉬지 않고 일한 덕분에 금전적으로 약간 여유가 생겼지만 매일 집에서 일을 하느라 돈을 거의 쓰지 않았다. 오로지 집에서 더 좋은 시간을 보내는 데 필요한 것만 구매했다. 음악을 듣기 위해 스피커를 장만했고 몇 년 전이었으면 쓸데없다고 여겼을 향초와 꽃을 정기적으로 샀다. 이탈리아 레스토랑에서 봤던 파스타 그릇과 좋은 소재의 흰 수건과 폭신한 감촉의 실내화와 향이 좋은 천연비누도 두었다. 생화가 꽂힌 화병에 물을 갈아줄 때, 먹고 싶은 음식을 예쁜 그릇에 담아 먹을 때, 부드러운 수건으로 손을 닦을 때 나는 더 이상 여자의 날선 목소리와 히스테릭한 웃음소리를 듣지 않았다.

아침에 일어나면 샤워를 하고 청소를 했다. 청소할 때는 모든 물건이 제자리에 있는지, 오늘의 집이 어제의 집과 같은지 점검했다. 집 안을 살피고 돌보는 시간이 즐거웠다. 청소가 끝나면 아침 겸 점심식사를 하고 작업실에 들어가 일을 했다. 한창 일에 몰두하다가 시계를 보면 여섯 시나 일곱 시쯤 되어 있었다. 저녁식사를 마치면 반려견 피피와 동네를 산책했고 집에 돌아오면 다시 일을 했다. 작업은 새벽 두어 시쯤 끝났다. 침실에 들어가 라디오를 켰을 때 FM에서 「올 댓 재즈」라는 프로그램이 시작하는 시간이었다. 재즈 음악만 틀어주는 이 방송의 여성 진행자는 차분하고 다정한 목소리를 가지고 있었다.

이사를 하고 몇 주가 지나자 새해가 되었다. 2012년이 시작되던 새벽, 침대에 누워 이 집에 오기까지의 시간을 생각했다. 나를 떠난 이들과 내가 떠난 이들을, 내가 아닌 타인이 나를 구제하리라 믿었던 나날을 생각했다. 남에게 의존하며 불안하게 흔들리던 20대는 지나갔다. 나는 30대이고 혼자 나를 책임지고 있었다.

안온했다.

안온함은 책이나 사전에 존재할 뿐 일상에서 떠올려본 적 없는 말이었다. 누군가에게 이런 이야기를 전하고 싶었다. 몇몇 친구의 얼굴이 머릿속을 스쳤지만 전화를 하기엔 늦은 시간이었다. 재즈가 흘러나오는 라디오를 바라보다가 청취자 게시판에 들어가 지금의 기분에 대해 썼다. 신청곡은 어릴 때 아빠가 즐겨 듣던 사라 본의 〈April in Paris〉로 했다.

며칠 뒤 일을 마치고 라디오를 켰을 때 그녀는 나의 사연을 소개하고 있었다. "…이사한 지 얼마 되지 않으셨다고 해요. 나의 집에서 보내는 안온한 날들이 참 좋다고 하시네요." 나는 침대에 걸터앉아 방 안에 울려 퍼지는 사라 본의 목소리에 귀를 기울였다. 이렇게 또 안온한 하루가 흘러가고 있었다.

6

고백

혼자여도 괜찮은 사람

고양시 덕양구 행신동 (2)

행신동 집에 사는 동안 요가와 수영을 배웠고, 유럽을 여행했으며, 유기견 임시보호를 했다. 요가, 수영, 여행, 임시보호는 누군가에게 대단치 않은 일이겠지만 예전의 나였다면 시도하지 못했을 일이었다. 해본 적 없는 일을 하는 것이 두려웠고, 해본 적 없는 일을 혼자 하는 것은 더욱 두려웠다.

멋진 요가복을 입은 기존 수강생들 사이에서 목이 늘어난 티셔츠와 무릎이 튀어나온 트레이닝 바지 차림으로 메뚜기 자세와 코브라 자세를 배웠다. 처음 입어보는 선수용 수영복에 멋쩍어하면서도 열심히 물장구를 쳤다. 그 전까지 한 번도 외국 여행을 해본 적 없었지만 유럽에서 석 달 동안 살아보기로 마음

먹었고 그렇게 했다. 유럽을 다녀온 뒤에는 유기견 임시보호를 시작했다. 동물단체가 구조한 유기견을 입양 가기 전까지 집에서 임시로 돌봐주는 일이었다. 그것은 피피와 함께 살면서 내가 늘 하고 싶었으나 실천하지 못했던 일이기도 했다.

피피가 나에게 온 것은 신림동에서 금호동으로 옮겨가기 전, 봉천동에 있는 투룸에서 잠시 지낼 때였다. 피피는 나의 지인이 남자친구에게 생일선물로 받은 치와와였다. 흰색 바탕에 갈색 얼룩무늬가 있었고 귀가 쫑긋했으며 2킬로그램이 되지 않는 아주 작은 강아지였다. 지인의 남자친구가 충무로 펫숍에서 데려올 당시 피피는 생후 2개월이었다. 두 사람이 헤어졌을 때는 한 살이 채 안 된 나이였다. 헤어진 연인에게 피피는 돌려줄 수도, 돌려받을 수도 없는 곤란한 선물이었다.

나는 동물과 함께 사는 일을 상상조차 해본 적 없었고 개에 대해 아무것도 몰랐지만, 오갈 데 없어진 작은 강아지를 데려오기로 했다. 나 자신을 제외한 모든 것에 무심하던 나는 피피와 살면서 아주 조금 타자에게 관심을 가지게 되었다. 공설 보호소에서 안락사 직전에 구조된 한결이와 영탄이, 한겨울 아무도 없는 폐가에 묶여 굶어 죽어가고 있던 은동이, 산골마을에 버려져 홀로 빈집에 살고 있던 미코까지, 네 마리의 유기견이 행신동 집을 거쳐 갔다.

     그 집에서 처음 했던 또 다른 일은 예전부터 호감을 가지고 있었던 다섯 살 아래의 범준이라는 후배에게 사귀자고 말한 것이었다. 남자에게 그런 말을 해본 것은 처음이었다. 언제나 내가 좋아하는 사람이 나를 좋아할 때까지 기다렸다. 상대가 나를 좋아하지 않으면 다른 사람이 나타나기를 기다렸다. 관계에 소극적이던 내가 범준에게 먼저 고백할 수 있었던 이유는, 남자에게 의존적이었던 이전과 달리 혼자여도 괜찮은 사람이 되었기 때문이다. 혼자여도 괜찮았으므로 거절당해도 괜찮았다.

     혼자 무언가를 배우고 낯선 나라에서 지내고 유기견을 돌보면서, 나는 혼자서도 잘 지낼 수 있겠다는 자신감을 얻었다. 여전히 처음 하는 일이 두려웠지만 두려움 때문에 원하는 일을 포기하지 않기로 했다. 이런 변화는 해내지 못할 것 같던 일을 해냈던 날, 행신동 집을 고치던 날부터 시작된 것이었다. 그러므로 이렇게 말할 수 있을 것이다. 셀프 인테리어를 하지 않았다면 또 다른 새로운 일을 시도하지 못했을 것이다. 새로운 일을 시도하지 못했다면 혼자 살아도 괜찮다고 생각하지 않았을 것이다. 혼자 살아도 괜찮다고 생각하지 않았다면 범준과 연인이 되지 않았을 것이다.

멀지도 가깝지도 않은 '아는 누나'와 '아는 동생'이었던 우리가 친해진 것은 집 때문이었다. 내가 유럽으로 떠나기 직전 범준은 호주에서 어학연수를 마치고 귀국했다. 그가 직장을 구하기 전까지 임시로 지낼 집이 필요하다고 말했을 때 나는 석 달 동안 집이 방치되는 상황을 걱정하고 있었다. 피피를 맡아줄 친구는 있었지만 집을 돌봐줄 사람은 없었다. 범준은 우리 집에서 지내면서 우편물을 받거나 화분에 물을 주기로 했다. 내가 한국에 돌아왔을 때 그는 이 집과 동네가 마음에 든다고 했다. 자신도 여기에서 집을 구해 셀프 인테리어를 해보고 싶다고 했다. 얼마 뒤 범준은 가라뫼 사거리 근처에 있는 집을 계약했다. 16, 7평쯤 되는 투룸이었다.

범준이 이사하기 전날, 청소와 페인트칠을 도우려고 그의 집에 갔다. 여름의 열기가 가시지 않은 초가을의 더운 한낮이었다. 범준은 오후 내내 한 마디도 하지 않고 천장 몰딩만 칠했다. 말수가 적은 사람이라는 것은 알고 있었지만 어쩐지 서운했다. 혼자 집을 수리할 때는 외롭고 힘들었지만 누군가와 함께 하면 즐거울 것 같다는 기대를 가지고 왔기 때문이었다. 문득 그가 한 번도 고맙다는 말을 하지 않았다는 사실이 떠올랐다. 집을 구하는 일과 셀프 인테리어를 도와주겠다고 말했을 때 그는 "저야 좋죠"라고 대답했을 뿐이었다. 하루 종일 부동산 중개사무소를 함께 돌아다녔던 날도 "수고했어요"라고 말한 것이 전부였다. 그가 몰딩과 싱크대를 칠하는 동안 내가 세 개의 방문을 칠한 일에 대해서는 아무 말도 하지 않았다.

나는 점점 심통이 나서, 도움을 받았으면 고맙다고 말해야 하는 것 아닌가, 나 같으면 벌써 열 번쯤 고맙다고 말했을 텐데, 같은 생각을 했다. 나중에는, 언제 고맙다고 말하는지 두고 보자, 하는 유치한 생각마저 들었다. 저녁이 되고 일이 거의 마무리되어가자 범준이 다가왔다. 이번에는 고맙다고 말하려나. 나는 그를 가만히 바라보았다.

"배고프지 않아요? 냉면이나 시켜 먹죠."

이사 전이라 집에는 식탁도 의자도 없었다. 우리는 바닥에 주저앉아 냉면을 먹고 밤늦게까지 청소를 했다. 범준이 쓰레기를 버리러 간 사이 나는 욕실을 물청소하며 생각했다. 헤어지기 전까지 고맙다는 말을 하지 않으면 다시는 만나지 말아야지.

집을 나와서 함께 우리 집 방향으로 걸어갔다. 범준은 여전히 말이 없었다. 그와 함께 있을 때 어색함을 견디지 못하고 침묵을 깨는 것은 늘 내 쪽이었지만 그때만큼은 나도 말없이 걷기만 했다. 집이 가까워지자 그가 드디어 입을 열었다.

"여기서부터는 혼자 가도 되죠?"

나는 그렇다고 했다. 집을 향해 걸으면서 생각했다. 이제 너와는 끝이다. 그때 뒤에서 범준의 목소리가 들렸다.

"오늘 고마웠어요."

한동네에 살면서 우리는 자주 만났다. 범준은 말수가 적은 사람이었지만 잘 듣는 사람이기도 했다. 상대의 이야기를 들으면서 머릿속으로는 그 이야기가 연상시키는 자신의 이야기에 골몰하거나, 완전히 상관없는 다른 생각에 빠져 있는 사람이 많다는 것을 생각하면 귀하고 드문 태도를 가진 셈이었다.

어느 날 범준의 집을 셀프 인테리어 하던 날에 대해 이야기하다가 잔뜩 꼬인 마음으로 그의 일을 도왔던 것이 기억났다.

"너는 고맙다는 말을 잘 안 하더라."

나는 지적하는 것처럼 보이지 않으려고 장난스러운 어투로 말했다.

"아, 그러게요. 제 친구도 같은 말을 한 적이 있어요. 고쳐야겠다고 생각했는데 잊고 있었어요."

범준은 수첩을 꺼내더니 '고마울 때는 고맙다고 말하기'라고 썼다. 예쁜 필체로 적힌 메모를 보여주며 그가 말했다.

"알려줘서 고마워요."

범준은 대답 대신 고개만 끄덕이는 습관이 있었다. 나는 역시 지적하는 것처럼 보이지 않으려고 조심하며 말했다.

"왜 대답을 잘 안 해? 고개만 끄덕거리고."

"아, 이제 대답 잘할게요. 고마워요."

그는 또 수첩을 꺼냈다. '대답은 꼭 소리 내서. 고개만 끄덕하는 건 안 됨.' 나는 약간 미안한 마음이 들어서 내가 잘못한 것도 말해달라고 했다.

"누나는 한 번도 잘못한 적 없는데요."

결코 그럴 리가 없었다. 그가 진심을 말하지 않거나 아주 너그러운 사람이거나 둘 중 하나라고 생각했다.

연인이 된 뒤 범준이 사랑한다는 말만큼이나 자주 했던 말은 "당신 잘못이 아니야"였다. 나는 살면서 겪은 모든 불운을 내 탓으로 여기고 있었다. 모욕을 당했을 때, 배신을 당했을 때, 험담을 들었을 때, 심지어 폭력을 당했을 때조차 상대를 원망하는 대신 스스로에게서 원인을 찾았다. 그 사람을 만나지 않았다면,

그 사람을 믿지 않았다면, 그 자리에 있지 않았다면, 만만해 보이지 않았다면, 명확하게 거절 의사를 밝혔다면, 그 말을 했다면, 참지 않았다면…. 나는 가정법으로 과거를 재구성하면서 스스로를 벌주었다. 나를 탓하고 평가 절하하던 사람들의 말을 내면화했다. 자책하고 후회하다 결국에는 스스로를 혐오했다. 자기혐오는 나쁜 일을 더 나쁜 일로, 더 나쁜 일을 최악의 일로 만들었다.

범준에게 내가 겪은 불운과 모멸과 수치에 대해 하나씩 털어놓았다. 연인에게 취약한 면을 드러내는 일이 위험하다는 것을 알면서도, 관계가 어그러졌을 때 그 이야기를 후회하리라는 것을 알면서도 그랬다. 범준에게 자발적으로 상처를 드러냈던 이유는 그를 믿기 때문이었고, 그가 나에게 특별하기 때문이었으며, 그래서 다른 누군가가 아닌 바로 그에게 이해받고 싶기 때문이었다. 나는 그때 이렇게 묻고 있었다. 내가 이토록 상처 투성이인 사람이라도 나를 사랑할 거야? 불행과 치부를 고백하는 마음 밑바닥에는 사랑을 확인받으려는 필사적인 욕망이 있었다.

내가 그 이야기 끝에 스스로를 부정하거나 비하하면 범준은 또 말했다. "당신 잘못이 아니야." 그것은 내가 삶에 대해 선택권이 없었다거나 비주체적인 사람이었다는 의미가 아니었다. 누구도, 심지어 나 자신조차도 나를 부정하고 비하할 수 없다는 의미였다. 오래전부터 그 말이 필요했다. 간절히 그 말을 듣고 싶었을 때 그렇게 말해준 사람이 없었다. 네 잘못이 아니라고 말해주는 사람이 곁에 있다는 것만으로도 용기를 얻었다. 기억에서 삭제하고 싶었던 사건들을 자기연민과 자기혐오 없이 돌아볼 수 있었다. 불운했던 순간을 사랑할 수는 없어도 그 순간이 만들어낸 지금의 나를 사랑할 수는 있었다.

"나랑 결혼할래?"

어느 날 내가 말했다. 우리는 맥주를 마시고 있었지만 취해 있지 않았다. 범준은 고개를 끄덕이는 대신 큰 소리로 대답했다.

"좋아."

범준과 함께라면 오랫동안 소망했던 관계를 만들어갈 수 있을 것 같았다. 서로에게 기꺼이 영향받고 동시에 나 자신으로 자유롭게 존재하는 관계를. 자유롭다는 것은 나의 의지나 노력만이 아니라 나와 상대가 맺고 있는 관계에서 가능해진다. 그와의 결혼이 타협, 해결, 목표, 희생, 의존이 되지 않기를 바랐다. 샬럿 브론테의『제인 에어』에 나오는 문장처럼, 우리의 시간이 "홀로 있을 때만큼이나 자유롭고 여럿이 있을 때만큼 즐겁"기를 바랐다. 열정적 사랑이나 낭만적 결혼이 아니라 온화한 마음으로 서로를 존중하고 지지하는 관계가 되고 싶었다. 그와 함께, 나의 삶을 살고 싶었다. 두 사람이 함께, 서로의 삶을 살고 싶었다. "여성의 삶을 방해하고 축소하는 가부장적 결혼이 아니라 여성이 자신을 창조해나가는 과정의 연장선상으로서의 결혼"(에이드리언 리치, 『우리 죽은 자들이 깨어날 때』). 그것이 내가 바라는 삶이었다.

집이 나를 지켜본다는 느낌이 들 때가 있다. 집을 의인화하는 것은 아빠의 영향일 것이다. 집에 대해 불만을 늘어놓거나 이사 가고 싶다고 투덜대면 아빠는 진지한 얼굴로 말했다. "집을 험담해선 안 돼. 집이 다 듣고 있다." 집이 나를 보고 있다고 느끼는 감각은 아빠의 말이 불러일으킨 연상 작용일 것이다. 들을 수 있다면 볼 수도 있겠지, 하는 생각.

집이 우리를 본다면 사람이 자주 들고나는 셋집은 얼마나 많은 사람과 일상을 목격했을까? 행신동 집은 내가 집을 고치는 모습을 지켜보고 홀로서기를 위해 애쓰는 과정을 지켜봤을 것이다. 어느 남자를 사랑하고 그 남자와 집을 떠나는 순간을 바라봤을 것이다. 행신동 집이 목격자로서 나의 일상을 증언한다면 나의 분투, 나의 독립, 나의 연애에 대한 증언일 것이다.

그곳을 떠나던 날, 이삿짐이 빠져나간 빈집에 얼마간 서 있었다. 매일 먹고 자고 일어나고 떠나고 돌아오던 집. 누군가와 사랑하고 작별하고 고백하고 위로하고 눈물 흘리던 집. 나는 다시 이 집으로 돌아올 수 없을 것이다. 유난히 추웠던 겨울에 곱은 손으로 페인트칠을 하던 순간이 떠올랐다. 이곳에서 행복해질 수 있을까 중얼거리다 눈물이 고였던 순간도 생각났다. 마감에 쫓기며 밤을 꼬박 새워 일하던 날과, 작업실 창문으로 먼동이 트는 하늘을 바라보던 아침과, 피피에게 하루 일과를 두런두런 이야기하던 저녁을 회상했다. 어떤 집은 공간 이상의 의미를 지닌다. 나는 마지막으로 문을 닫았다. 안녕, 나의 첫 집. 그동안 고마웠어.

고백

7

서재의 주인

나의 자리, 엄마의 자리

고양시 일산동구 정발산동

2015년 가을, 우리는 고양시 일산동구 정발산동에 신혼집을 마련했다. 처음에는 전셋집을 알아보았지만 몇 가지 상황을 고려하자 첫 주택 구입자를 대상으로 하는 저금리 대출을 받아 집을 사는 것이 나을 것 같았다. 우리가 매입한 집은 수백 세대가 모여 있는 대규모 단지형 빌라로 지은 지 20년이 넘은 곳이었다. 아파트가 아니라 빌라라는 것도, 새집이 아니라 오래된 집이라는 것도, 동남향에 꼭대기 층이라 밝고 환하다는 것도 모두 마음에 들었다. 동네는 신도시에 위치했지만 산과 단독주택과 오래된 빌라로 이루어져 고즈넉하고 한가로웠다.

리모델링 공사가 끝난 신혼집은 우리가 상상했던 대로 바꿰어 있었다. 밝고 하얗고 장식적인 요소가 없는 집. 그것은 잡다한 물건과 함께 어두운 방에 살던 시절, 간절히 원했던 집의 모습이기도 했다. 방은 세 개였다. 하나는 침실이고 나머지 두 방은 남편과 내가 각자 사용했다. 단순함과 간결함이 우리가 원했던 집의 '외형'이라면, 아내와 남편이 자기만의 방을 가지는 것은 우리가 바랐던 집의 '구성'이었다. 한동안 아무것도 하지 않고 집을 바라보았다. 오차 없는 직선, 균형과 비례, 빛의 효과를 극대화하는 흰색, 짙은 나뭇결의 바닥 같은 것을. 리모델링의 드라마틱한 효과를 처음 경험해본 나는 그 집의 선, 면, 입체, 질감, 색깔 등 모든 것에 의미를 부여할 수 있었다.

　　이 집에 대한 이야기를 쓰면 어떨까?

　　집을 바라보다가 그런 생각을 했다. 소설을 그만두고 나서 자발적으로 글을 쓰려고 마음먹은 것은 처음이었다. 몇 년 동안 글쓰기란 생계유지를 위한 수단, 그 이상도 이하도 아니었다. 계약서를 작성하지 않는 글, 원고료가 입금되지 않는 글은 쓰지 않았다.

　　오래전 만들어놓고 사용한 적 없는 블로그를 다시 개설했다. 공개 글에는 오래된 빌라를 선택한 이유나 인테리어 공사 과정에 대해 썼고, 비공개 글에는 사적인 이야기를 썼다. 어느 날 블로그에 댓글이 달렸다는 알림이 쉴 새 없이 울렸다. 포털 사이트 첫 화면에 내 블로그의 포스트가 소개되어 있었다. 10만 명이 넘는 방문자가 다녀갔고 해당 포스트에는 500개가 넘는 댓글이 달려 있었다.

그날 이후 하루가 다르게 팔로워가 늘었다. 새 게시물을 올리자마자 수십 개, 때로는 수백 개의 댓글이 달렸다. 대부분은 인테리어 업체나 가구와 소품의 구매처를 묻는 글이었다. 그러나 어떤 사람들은 자신이 거쳐 온 집에 대해, 공간에 부여하는 의미에 대해 개인적인 이야기를 들려주었다. 하루는 누군가가 이런 댓글을 남겼다.

"저도 얼마 전에 결혼했어요. 저희 집도 비슷한 평수에 방이 세 개인데 침실과 서재, 그리고 곧 태어날 아기 방이에요. 책상과 컴퓨터가 있는 서재는 남편 방이고요. 작가님 댁의 인테리어도 마음에 들지만 남편 분과 각자의 방을 가지고 있는 것이 좋아 보이네요. 나중에 더 넓은 집으로 이사 가면 저도 제 방을 가질 수 있겠죠?"

나는 그 댓글에 대해 오래 생각했다. 집에 대한 나의 이야기

서재의 주인

는 자기만의 방을 갈망하는 사람의 이야기이기도 했다. 명문 빌
라로 이사할 때는 나의 방이 생긴다는 것이 가장 기뻤다. 사춘기
에는 집이 작아진다는 것보다 작아진 집에서 나만의 공간을 가질
수 없다는 것이 더 서글펐다. 룸메이트와 함께 살던 20대 초반,
가장 바랐던 것은 자기만의 방이었다. 돈을 벌기 시작한 30대,
경제적 독립과 자기만의 방을 동일시했다. 행신동에 살 때 집필
노동자로 쉴 새 없이 일할 수밖에 없었던 가장 큰 이유도 나의 집
을 유지하기 위해서였다. 신혼집을 구할 때 남편과 나는 각자의
방이 필요한 이유에 대해 오래 대화를 나누었다.

공간을 소유하는 것은 자리를 점유하는 일이었다. '나는 누
구인가?' 하는 물음만큼이나 '나의 자리는 어디인가?' 하는 물
음이 나에게는 중요했다. 집에 대해 생각하는 것은 '집에서의 내
자리'를 인식하는 일이었다. 사회도 물리적으로는 하나의 거대
한 장소이므로 공동체 구성원으로서 나의 위치도 자리의 문제
였다. 이것은 하나의 화두가 되었다. 넓게는 이 세상에서, 좁게
는 이 집에서 나의 자리는 어디인가?

온라인에 올라와 있는 집을 구경하다가 종종 이런 글을 봤

다. "서재는 남편의 공간이고 주방은 저의 공간이에요. 그래서 서재는 남편 취향으로, 주방은 제 취향으로 꾸몄어요." 어떤 여성이 주방을 '자기만의 공간'이라고 규정할 때 그녀가 집에서 점유하는 자리는 어디일까? 주방이 가족 공동의 공간이 아니라 여자만의 공간이라는 것은 가사 노동이 여자만의 일이라는 뜻일까? 책을 읽고 컴퓨터 작업을 하는 방은 남편의 공간으로, 밥을 짓고 설거지를 하는 가사 노동의 현장은 아내의 공간으로 구분할 때, 부부 중 한 사람만 방을 소유한다는 것은 어떤 의미일까?

물론 각각의 집은 주인의 성향과 가족의 인원과 생활양식에 따라 다른 구성을 가진다. 누구나 우리처럼 세 개의 방이 있는 집에서 두 사람이 살지 않는다. 가족 모두가 각자의 방을 가질 수 있는 환경은 드물 것이다. 그러나 '서재'는? 서재가 있을 때 그곳은 남편의 공간이거나 상황이 나으면 부부 공동의 공간이다. 적어도 내 주변 사람들의 집에서, 또는 온라인에서 본 집에서 서재를 아내만의 공간이라고 말하는 사람은 없었다. 맞벌이 부부라도 주방이 남편만의 공간인 경우는 없는 것처럼.

내가 가족과 함께 살았던 집도 마찬가지였다. 책을 좋아하고 독서하는 습관이 몸에 밴 사람은 엄마였지만 왜 그런지 책상

서재의 주인

과 책장이 있는 서재는 아빠 방이었다. 실제로 그 방에 틀어박혀 있는 사람은 아빠였고 엄마가 책을 읽는 곳은 주방 식탁이나 거실 소파 같은 공동 공간이었다. 자기만의 공간을 소유한다는 것은 자기만의 시간을 확보한다는 의미다. 반대로 자기만의 공간이 없다는 것은 자기만의 시간이 언제든 방해받을 수 있다는 의미다. 엄마의 독서, 사색, 휴식은 수시로 멈춰졌다. 할머니가 집안일을 시키거나 아빠가 출출하다고 말할 때, 또는 나와 동생이 사소한 것을 요구하는 순간에.

다시 내 글을 쓸 수 있을까?

스스로에게 그런 질문을 했을 때 나는 지인이 만든 독립영화를 보고 있었다. 20분 남짓한 단편영화였고 젊은 여성 감독의 첫 작품이었다. 영화의 주요 배경은 우리 집이었다. 촬영 장소로 집을 빌려줄 수 있겠느냐는 감독의 부탁을 받았을 때 나와 남편은 흔쾌히 허락했다. 영화 속 집은 구성과 배치가 달라진 탓에 생소해 보였다. 나의 방은 남편의 방으로, 남편의 방은 아이의 방으로 설정되어 있었다.

영화는 한 여자가 원룸을 계약하는 장면에서 시작한다. 20

대에 내가 살았던 곳들처럼 집이라기보다는 방에 가까운 공간이다. 그녀는 혼자 원룸—방에 사는 것 같지만 남편과 아이가 있고 가족과 함께 사는 집이 있다. 여자는 남편이 출근한 뒤에 방으로 가고 남편이 퇴근하기 전에 집으로 돌아온다. 시간이 흐르고 아내가 다른 공간에 드나들고 있다는 것을 눈치챈 남편이 여자를 미행하여 방에 들이닥친다. 그리고 혼자 사는 여자가 안전을 위해 흔히 그러듯 현관에 놓아둔 남자의 구두를 본다. 남편은 아내의 외도를 확신하지만 그곳은 자기만의 공간과 시간을 가질 수 없었던 여자의 '자기만의 방'일 뿐이다. '집'은 여자가 가사 노동과 육아를 전담하는 공간, 독립과 자유의 실현을 억압하거나 최소한 보류하게 만드는 장소다. 그녀가 고정된 성 역할에서 벗어나 지적 갈망을 충족하고 자기 자신으로 존재하는 곳은 집이 아니라 '방'이다. 여자는 글을 쓰는 사람이 되고 싶어 한다. 그녀는 자기만의 방에서 끊임없이 읽고 쓴다.

여자가 집 바깥에 마련한 자기만의 방이 서재의 역할을 한다는 것은 의미심장하다. 읽는 것은 다른 삶, 다른 사유, 다른 경험을 흡수하는 일이다. 과거에 여성은 아버지, 남편, 오빠 같은 남성 가족이 허용한 책만 읽어야 했고 스스로 책을 선택하는 일은 허락되지 않았다. 동서양을 막론하고 남성이 여성의 독서를 불온하게 여겼던 이유는 여성이 억압받는 현실을 벗어나 새로운 가능성을 탐색하는 것을 차단해야 했기 때문이다. 책은 전복적 세계, 또는 세계의 전복을 꿈꾸게 만든다.

읽는 데에서 나아가 쓰는 사람이 되고자 한다면 자기만의 방이 가지는 의미는 더 각별해진다. 메리 올리버는 말했다. "창작은 고독을 요한다"(메리 올리버, 『긴 호흡』). 덧붙이자면 고독은 장소를 요한다. 휴대전화를 꺼놓을 수 있고, 창문을 닫아둘 수 있으며, 나를 부르는 타인의 목소리를 듣지 않을 수 있는 장소. 실생활과 최대한 먼 장소. 영감의 순간에 이를 때까지 침잠하고 몰입할 수 있는 장소. 쓰는 사람은 작가라고 불리는 특정한 누군가가 아니다. 나의 서사를 나의 목소리로 말하는 사람, 나에 대해 말할 수 있는 이는 나뿐이라는 것을 알고 있는 사람이다. 쓰기는 삶의 특정한 순간을 다시 한 번 살아내기이다. 추억이라는 이름으로 과거를 뭉뚱그리지 않기. 외면하고 싶었던 고통, 분노, 슬픔, 상실, 결핍을 다시 한 번 겪어내기. 그것은 나 자신의 이방인이 되는 일이다.

내가 나에 대해 이야기할 때 나는 타인이 내리는 정의, 규정, 낙인을 거부할 수 있다. 내 안에는 나조차 알지 못하는 불가해하고 복잡한 자아가 존재한다고 항변할 수 있다. 나는 '존재하는 한 이야기하라'는 명제대로 살고 싶다. 그러나 나의 이야기는 나에 대한, 나를 위한 개인적 기록만은 아니다. 자신 안에 갇히는 나르시시즘적 행위가 아니라 나의 삶을 해석하고 사유하기 위해, 그다음에는 스스로를 무한히 확대하고 다른 존재와 연결되기 위해 나는 쓰고 싶다. 자전적 이야기라도 그 안에는 사회나 시대, 타자와 관계된 무언가가 있다. 나는 내 이야기에서 다른 얼굴, 다른 목소리를 발견할 수 있기 바란다.

내가 자기만의 방을 소망할 때 나는 무엇을 소망하는가? 그것은 단순히 물리적 공간에 대한 욕망이 아니라 나 자신으로 인정받고 싶은 욕망, 나의 고유함으로 자신과 세계에 대해 이야기하고 싶은 욕망일 것이다. 나는 결혼한 여자로서 드물게 자기만의 방—서재를 가지고 있었지만 내가 이 방의 진짜 주인인지, 이곳이 자기만의 방으로서 기능하는지 확신할 수 없었다. 나의 방은 꿈, 자유, 독립, 목소리와 무관했다. 유령작가로서 남의 글을 대신 쓰며 돈벌이를 하는 공간이자, 가정주부로서 집 안의 다른 곳과 마찬가지로 매일 쓸고 닦아야 하는 공간이므로 오히려 이중속박의 현장이라고도 할 수 있었다. 결혼한 여자들이 흔히 그렇듯 나 역시 집을 청결하게 유지하는 데 많은 시간과 공력을 쏟았다. 내가 반감을 느끼면서도 정갈한 집에 집착하는 이유는 그것이 여성의 역할이라는 가부장제의 구속에 여전히 얽매여 있기 때문인지 모른다. 깨끗한 집이 여성이자 아내로서의 자리, 역할, 가치를 증명한다는 구속.

'여성이 자기만의 방을 가지는 것은 쉽지 않다'는 말은 누군가에게 설득력이 없을 수도 있다. 개인적인 것에 대한 개념이 희박하고 사생활이 자주 침범당하는 사회에서, 물리적이든 정신적이든 나만의 공간을 확보하는 일은 성별을 불문하고 쉽지 않기 때문이다. 그렇더라도 여성과 남성이 집을 바라보는 관점에는 결정적 차이가 있다. 두 성별이 한집에 살 때 집을 관리의 대상으로 바라보는 쪽은 거의 여자다. 여자에게 집은 소유의 대상이기 이전에 관리의 대상이다. 남성은 생계 부양자로, 여성은 가사 노동자로 성 역할을 이분화할 때 집은 양쪽에게 다른 의미일 수밖에 없다. 여성학자 정희진이 지적한 바와 같이, 심지어이 성 역할 모델은 중산층의 전형일 뿐 수많은 여성이 생계 부양자인 동시에 가사 노동자다.

신혼집을 방문한 손님들은 깨끗한 집을 보고 언제나 나를 칭찬했다. 남편을 칭찬했던 사람은 한 명도 없었다. "성격이 정말 깔끔하시네요." 그렇게 말할 때 손님들의 시선은 나에게 고정되어 있었다. 그들은 집을 관리하는 사람이 나—여자—아내라고 확신하고 있었다. 집이 더러워진다면, 더러운 집이 타인에게 노출된다면 나에 대한 칭찬은 험담으로 바뀔 것이다.

　내 방에서 오래전부터 구상했던 이야기를 쓰기 시작했다. 피피와 살면서, 유기견들을 임시보호하면서 언젠가는 꼭 쓰고 싶다고 생각했던 '버려진 개에 관한 르포'였다. 우리 사회의 동물 산업이 어떤 방식으로 유지되는지, 유기견 문제가 번식업이나 개식용과 어떻게 결탁하는지 알리고 싶었다. 하지만 그것이 전부는 아니었다. 버려진 존재의 이야기는 약자의 이야기였다. 약자의 이야기는 한 사회에서 자리를 가지지 못한 모든 이들의 이야기였다. 그것은 언제든 자리를 빼앗길 수 있는 우리 모두에 대한 이야기이기도 했다.
　신혼집에 살게 된 지 얼마 되지 않아 시작한 책 작업은 그 집을 떠나기 몇 달 전에야 끝났다. 조사하고 취재하고 인터뷰하고 집필했던 시간은 그곳에서의 거의 모든 기억이 되었다. 지금도 그 집을 회상하면 실내나 창밖 풍경, 심지어 신혼 시절의 행복했던 일보다 책상 앞에 앉아 문장을 써내려가던 시간이 떠오른다. 그것은 지금, 여기 존재하는 스스로를 자각하는 순간이었다. 글을 쓸 때 나는 이 집에서 내 자리를 가지고 있다고 느꼈다.

인류학자 김현경은 『사람, 장소, 환대』에서 'woman, place, and the social'이 어떻게 번역되고 연결되는지 질문한다. 그리고 첫 단어가 나머지 두 단어와 맺는 불안정한 관계를 설명하려고 'place'가 '장소'로도, '자리'로도 번역된다는 사실을 환기한다. 다시 말해 이 단어는 '물리적 장소'이자 '상징적 자리'이다. 그는 다음과 같이 질문을 이어간다. "여성은 장소들 속에서 어떻게 자신의 자리를 발견하는 것일까? 그리고 사회(적인 것)는 여기서 어떤 역할을 하는가?"

그에 따르면 투쟁의 역사는 자리의 역사다. 권리를 요구하는 것은 자리를 요구하는 것, 자리를 지키는 것은 존재를 지키는 것이다. 장소를 점거하는 것은 사람들이 사회 안에서 스스로의 자리를 확인하는 방식이다. 축제, 시위, 집단적 애도는 길거리나 광장 같은 공적 공간을 점거함으로써 존재를 가시화한다. '장소 상실Placeless'은 한때 특정한 사람의 예외적 상황이었지만 지금은 대부분 사람에게 현실적 위협이다. 목숨을 걸고 국경을 넘는 난민, 건설 사업에 반발하며 포클레인 앞에 드러눕는 농민, 구조 조정에 저항하며 농성을 벌이는 노동자처럼, "장소에 대한 투쟁은 존재에 대한 인정을 요구하는 투쟁이기도 하다"(김현경, 『사람, 장소, 환대』).

이 같은 저항은 광장이나 거리, 크레인이나 철탑 위뿐 아니라 집 안에서도 일어난다. "여성은 이른바 사생활의 영역인 집에서도 장소 상실을 겪곤" 하기 때문이다(김현경, 『사람, 장소, 환대』). 여성은 집 안에서 자신의 공간, 자신의 자리를 얻기 위해 공적 영역에서의 투쟁보다 덜 처절하다고 말할 수 없는 싸움을 벌인다. 내가 나의 공간을 가지고 있는 것은 당연하지 않다. 이 공간은 누군가가 확보하고자 애쓰는 공간, 그러나 여전히 실현하지 못한 공간이다. 이것은 일종의 특권이다.

자기만의 방이라는 특권을 누리고 있다는 사실을 상기할 때마다 대구에서 살았던 집들이 떠오른다. 우리 집에서 가장 넓은 방을 가졌던 사람, 집의 크기나 방의 개수와 상관없이 언제나 자기만의 방이 있었던 사람은 할머니뿐이었다. 그러나 여성인 할머니가 특권을 누렸다는 사실이 우리 집이 성적으로 평등했다는 의미는 아니다. 할머니의 권력은 아들을 가진 어머니에게서 나오는 가부장적 위력이기에 남성 중심적이었다. 할머니는 가장의 어머니이자 안주인의 시어머니로서 가족 관계에서

　　　　　　　　　　　　서재의 주인

가장 높은 서열을 가진 사람이었다. 북성로 시절에는 삼촌들이 술을 마시고 늦게 들어오면 며느리가 보는 앞에서도 장성한 아들의 뺨을 왕복으로 후려치던 불같은 성격의 소유자이기도 했다.

세 개의 방이 있는 집에 살 때 할머니는 욕실이 딸린 큰방을 사용했고 부모님과 우리 자매는 작은방을 사용했다. 할머니를 포함해 가족 모두가 그것을 당연하게 여겼다. 그러나 나는 할머니가 혼자 큰방과 하나의 욕실을 차지하고, 다른 가족이 두 명씩 작은방을 쓰며 네 명이 하나의 욕실을 공유하는 상황이 불편하고 비합리적이라고 생각했다. 나는 우리 집에서 가장 나쁜 사람이었을 것이다.

명문 빌라에서 사용하던 가구를 하나도 버리지 않고 다음 집으로 옮길 수 있었던 사람도 할머니가 유일했다. 집의 크기는 계속 줄어들었고 우리는 많은 가구들을 버리거나 작은 것으로 대체했다. 친척들이 합세해도 넉넉했던 식탁이 가족들이 팔꿈치를 부딪치며 밥을 먹어야 하는 식탁으로 바뀐 것처럼. 집은 나날이 작아졌지만 여전히 할머니 방에는 화려한 앤티크 스타일의 옷장과 서랍장, 화장대와 탁자, 세 사람은 족히 누울 수 있는 커다란 침대가 놓여 있었다. 어느 날 나는 친구의 집에 갔다가 큰방을 부모님이, 현관 옆에 있는 작은방을 할머니가 사용하는 것을 보고 몹시 놀랐다. 번듯한 가구도 없이 휑한 방에 우두커니 누워 있는 노인이 가엾기도 했다. 집에 돌아와 그 이야기를 하자 아빠는 자부심이 묻어나는 목소리로 말했다. "우리처럼 어른을 잘 모시는 집은 많지 않지."

　공간의 분배에서 할머니와 가장 대비되는 사람은 엄마였다. 집안 상황이 좋았을 때 할머니에게는 할머니 방이, 나와 동생에게는 각자의 방이, 아빠에게는 취미생활을 위한 방이 있었다. 그러나 명문 빌라처럼 방이 넉넉했던 집에서도 엄마는 자기만의 방을 가져본 적이 없었다. 그 불공평을 인식한 뒤 내가 엄마만 방이 없다는 사실을 지적하자 엄마는 아무렇지 않다는 듯이 말했다. "괜찮아, 집 전체가 다 내 방이지." 엄마의 뜻과 달리 그 말은 엄마의 처지를 정확하게 보여주고 있었다. 며느리—아내—엄마인 여자는 집 안의 어느 곳에나 있어야 하므로 집 안의 어느 곳도 소유해서는 안 되었다. 엄마는 장소 그 자체였다.

　밤이 되고 다들 각자의 방으로 돌아가면 엄마는 거실이나 주방에 혼자 남겨졌다. 집을 집답게 유지하기 위한 노동이 끝나고 엄마가 한숨 돌리는 곳도 거실 소파나 주방 식탁이었다. 휴식의 장소는 짧은 순간이 지나면 쓸고 닦고 치우고 음식을 만드

141　　　　　　　　　　　　　　　　　　　　　　서재의 주인

는 노동의 현장으로 전환되었다. 엄마가 '했던' 일은 하루만 지나도, 때로는 몇 분만 지나도 '하지 않은' 일이 되었다. 순식간에 먹어 치워지는 음식과 잠시 후면 어질러지는 집을 위해 엄마는 쉴 새 없이 움직였다. 집의 청결 상태에 신경 쓰는 사람도, 가구에 난 흠집을 안타까워하는 사람도, 가족들이 찾지 못하는 물건이 어디 있는지 아는 사람도 엄마뿐이었다.

집 안 구석구석에 엄마의 손길이 닿아 있었지만 그것이 엄마 자신을 위한 일은 아니었다. 엄마는 그토록 열심히 관리한 집에 원 가족조차 초대하지 못했다. 외할머니가 딸의 집에 방문한 것은 평생 두 번뿐이었다. 한 번은 내가 태어났을 때, 또 한 번은 동생이 태어났을 때 산후조리를 도와주기 위해. 외할머니가 왔던 곳은 부모님의 신혼집이었다. 엄마의 시집살이가 시작되면서 외할머니는 무언가를 도와주기 위해서조차 딸의 집을 찾을 수 없었다. 북성로 집에 살던 어느 날, 내가 거실과 주방에 없는 엄마를 찾으러 다니며 엄마가 '있어야 할 자리'에서 '해야 할 일'을 하지 않는다고 느꼈던 기억을 떠올리면 마음이 아프다. 나는 엄마의 자리, 엄마의 일이 다른 어딘가, 다른 무언가일 수 있다고 생각하지 못했던 것이다.

엄마는 '읽는 사람'이었다. 솔제니친과 체호프 같은 러시아

작가들을 특히 사랑했다. 아고타 크리스토프의 『존재의 세 가지 거짓말』을 읽고 내가 받은 충격에 대해 대화할 수 있는 사람도 가족 중에서 엄마가 유일했다. 나는 끝까지 읽지 못했고 앞으로도 읽지 못할 것 같은 박경리의 『토지』와 최명희의 『혼불』을 완독하고 재독까지 한 사람도 내 주변에서 엄마뿐이었다. 가세가 기울자 엄마는 집 안팎에서 이중노동을 하면서도 잠들기 전까지 시와 소설을 읽었다. 엄마에게 독서는 누구도 침범할 수 없는 자기만의 정신적 공간이었으리라.

나에게 글쓰기에 대한 재능이 조금이라도 있다면 엄마로부터 받은 문학적 세례 덕분이다. 자기만의 공간과 시간이 있었다면 엄마는 가족 관계에서의 호칭이 아닌 자신의 이름으로 불릴 수 있었을 것이다. 지금 내가 가진 자리를 엄마도 가질 수 있었을 것이다. 그러나 누군가가 승진과 출세, 성공과 사회적 지위를 생각할 때 다른 누군가는 식사와 설거지, 청소와 빨래를 고민한다. 누군가가 바깥에서 '중요하고 대단한' 성취를 이루는 동안 다른 누군가는 집 안에서 '하찮고 사소한' 일을 감당한다. 전자는 후자에게 빚진다. 후자는 전자에게 기여한다. 그러나 나는, 우리는 자주 그 사실을 잊어버린다. 가족 각자가 이룬 것은 엄마가 이룬 것이기도 하다는 사실을 내가 기억해내는 것은, 엄마가 씁쓸한 얼굴로 이렇게 말할 때뿐이다. "나는 평생 이룬 게 하나도 없구나."

나는 오랫동안 엄마를 닮기 위해, 동시에 닮지 않기 위해 노력해왔다. 엄마를 수용하고 배반하면서, 대상화하고 동일시하면서, 받아들이고 밀어내면서 엄마와 같고 엄마와 다른 여성이 되기 위해. 엄마는 종종 나에게 말했다. "네 일을 가지고 독립적으로 살아." 그렇게 말할 때 엄마는 나의 자리와 엄마의 자리가 다르기를 바랐을 것이다.

8

착한 딸

우리가 서로를 알아가던 여름

서울시 종로구 구기동 (1)

내가 결혼을 앞두고 있을 때 아빠는 나의 신혼집을 직접 리모델링해주고 싶어 했다. 평생 집에 각별한 관심을 가졌고 한때 다른 사람들의 집을 디자인했던 아빠로서는 당연한 일이었다. 하지만 그는 위암으로 투병 중이었다. 풍채가 좋았던 몸은 앙상했고 머리카락이 많이 빠져 정수리가 하얗게 드러났다.

"수술할 때 무섭지 않았어?"

나는 아빠의 듬성한 머리를 바라보다가 물었다.

"수술대에 누워 있는데 천장이 회색이더라. 가뜩이나 기분도 그런데 밝은 색깔로 칠해놓지."

마취로 정신을 잃기 전까지 천장 색깔에 대해 생각하고 있

착한 딸

었다는 말에 나는 조금 웃었다. 미술을 전공한 아빠는 시각적인 것에 민감했다.

내가 신혼집의 리모델링을 맡길 인테리어 업체를 찾고 있을 때, 아빠는 서울에서 활동하는 건축가 지인을 소개해주었다. 오래전 아빠가 호텔 사업을 할 때 리모델링 공사를 담당했던 사람이라고 했다. "꼭 그 사람에게 맡기지 않아도 되지만 한 번 만나보기나 해." 아빠의 말에 따르면 그 회사는 주거 공간을 전문으로 하는 인테리어 업체가 아니라 호텔이나 모델하우스처럼 큰 규모의 공사를 수주하는 건축 회사였다.

나는 그를 기억하지 못했지만 그는 어릴 때의 내 얼굴을, 아마 열서너 살쯤의 내 모습을 기억하고 있었다. 엄마를 알고 있는 사람이 나를 만났을 때 늘 그러듯이, 그도 나를 보자마자 "엄마랑 꼭 닮았구나"라고 말했다. 나는 그를 두세 번쯤 만났다. 내가 다른 인테리어 업체와 공사를 진행하겠다고 말한 마지막 만남에서, 그는 아빠와의 첫 만남에 대해 이야기했다.

두 사람이 알게 된 것은 1990년대 중반, 아빠가 호텔 확장을 앞두고 있던 시기였다. 당시 아빠는 대구의 한 건축가에게 공사를 의뢰하려고 생각하고 있었다. 하지만 그가 보기에 대구 건축가가 제시한 도면에는 몇 가지 결함이 있었다. 그가 아빠에게 그 부분을 지적하면서 대안을 제시하자 아빠는 곧바로 그에게 일을 맡겼다.

"…쉬운 일이 아니거든, 그렇게 큰 공사를 이제 막 알게 된 사람한테 준다는 게. 게다가 그 당시 나는 경험이 많지 않은 신출내기였어. 하지만 아버지는 자신이 사람 보는 안목이 있다고 생각했고 한 번 일을 맡긴 사람은 끝까지 신뢰했어. 사람들한테 많이 베푸는 성정이라 아버지를 따르고 좋아하는 이도 많았지. 어쨌든 그 공사는 마무리가 안 됐어. 도중에 부도가 났으니까."

우리는 그의 사무실에 있었다. 나는 소파에 앉아 있었고 그는 책상 앞에 앉아 있었다. 첫 한파주의보가 내린 날이지만 방은 약간 더웠다. 나는 코트를 벗을까 말까 망설였다. 이 방에 들어올 때는 그동안 감사했다고 말하고 곧장 돌아갈 생각이었다. 하지만 부도 당시의 이야기가 나오자 더 듣고 싶기도 했다. 그때 나는 집안에 무슨 일이 벌어지고 있는지 몰랐다. 어른들은 우리에게 아무 이야기도 해주지 않았다. 호텔에서 총무를 맡고 있었던 막냇삼촌은 엄마를 찾아와 심각한 얼굴로 이야기를 나누다가, 내가 다가가면 엄한 목소리로 방에 들어가라고 했다. 상황을 알 수 없어서 더 불안하고 두려웠다.

착한 딸

"…그래도 아버지는 다른 사람에게 피해를 입히지 않으려고 최선을 다했어. 물론 어쩔 수 없는 일도 있었겠지. 나도 손해 본 게 없진 않다만 그래도 아버지를 원망한 적은 없다."

그는 잠시 말을 멈추더니 마지막으로 이렇게 말했다.

"너희 아버지는 정말 좋은 사람이야."

나는 그의 이야기 속에 등장하는 아버지가 내가 아는 아빠 같기도 하고 만난 적 없는 낯선 남자 같기도 했다. 10대 시절 내 기억 속의 아빠는 침묵하거나 부재하는 사람이었다. 엄마와 할머니의 관계가 나빠졌을 때, 사춘기의 내가 엄마에게 대들고 반항했을 때, 아빠는 방문을 닫은 채 말이 없었다. 빚쟁이가 찾아왔던 날, 새롭게 시작한 일이 실패로 끝나던 날, 아빠는 어딘가로 사라져버렸다. 내가 서울에서 초라한 방을 전전하던 시절에도 아빠는 그 방들에 찾아온 적이 없었다. 아빠는 곤란하거나 미안하면 어떤 말을 해야 할지 몰라 입을 다무는 사람, 어떤 표정을 지어야 할지 몰라 사라지는 사람이었다.

그러나 아빠는 모든 일을 '알아서' 하는 사람이기도 했다. 집안 상황이 최악으로 치닫던 시기에 나는 대학을 다녔고 문학 수업을 들었다. 서울에 가겠다거나 소설을 쓰겠다고 했을 때 아빠는 이렇게 말했다. "그렇게 해. 나머지는 아빠가 알아서 할게." 나는 아빠가 어떻게 등록금을 마련하고 매달 월세와 생활비를 보낼 수 있었는지 알지 못한다. 가족 모두가 힘들었던 시기에 오로지 자기만을 위한 선택을 하는 딸에게, 어떻게 하고 싶은 일을 하라고 격려할 수 있었는지도 알지 못한다. 그는 동년배 사람들이 은퇴하던 시기에 다시 일어섰고 두 딸의 결혼자금을 냈으며 대구 근교에 노후를 보낼 전원주택을 지었다. 나는 아빠가 기어이 이뤄낸 그 일들이 경이롭게 느껴졌다.

"어떻게 그럴 수 있었어?"

내가 놀랍다는 듯이 물으면 아빠는 말했다.

"아빠가 알아서 한다고 했잖아."

결혼하고 몇 년 뒤 남편이 이직하면서 우리는 서울시 종로구 구기동으로 이사했다. 신혼집과 마찬가지로 1990년대에 준공한 단지형 빌라였고 한 번도 리모델링을 하지 않아 낡은 마감재가 고스란히 남아 있었다. 우리는 이 집을 우리 취향에 맞게 고쳐볼 생각이었다. 비용을 절감하기 위해 인테리어 업체에 의뢰하는 대신 각 시공마다 개별적으로 인력을 섭외하기로 했다. 온라인에는 이런 사례의 후기가 많이 올라와 있었다. 전문가가

착한 딸

아니다 보니 공사 진행에 문제가 있어도 잘 모르고 넘어갔다는 사람이 있었고, 하자의 원인을 정확히 몰라 따지지 못했다는 사람도 있었다. 내가 잘할 수 있을지 걱정스러웠다.

"아빠가 갈게."

수술과 항암치료가 끝나고 3년 반이 지났지만 아빠의 건강 상태는 예전 같지 않았다. 70킬로그램 대였던 체중은 50킬로그램 초반으로 떨어졌고 몸 상태가 좋지 않은 날은 구토와 설사에 시달렸다. 걱정스러운 것은 아빠의 건강만이 아니었다. 우리의 관계가 나빠질 것 같아 염려스러웠다. 지난겨울 나보다 먼저 종로로 이사한 동생은 아빠와 함께 리모델링 공사를 하면서 몇 번이나 크게 다투었다. 내가 그런 이야기를 하자 아빠는 자신 있는 목소리로 말했다.

"걱정 마. 아빠랑 재영이는 아무 문제도 없을 거야."

"왜 그렇게 생각해?"

"재영이는 착하니까."

아빠가 나를 '착한 딸'로 여기는 근거에는, 이를테면 내가 고등학교 3학년 때 아빠가 학교에 데려다줬던 일이 있었다. 그 당시 아빠는 수산물 납품 일을 하느라 냉동 화물차를 몰고 다녔다. 늦잠을 자는 바람에 지각을 하게 된 날, 아빠에게 학교까지 데려다달라고 부탁했다. 학교가 가까워지자 아빠가 물었다.

"좀 떨어진 데 내려주는 게 좋겠지?"

"왜? 학교 앞에 내려줘."

아빠는 내 대답에 흐뭇한 표정이었다. 학교 앞 사거리에서 신호를 기다리며 그가 말했다.

"며칠 전에 재경이도 학교에 데려다줬는데 이 녀석이 멀리 떨어진 골목에서 내려달라는 거야. 화물차 타는 걸 친구들이 보는 게 싫었나 봐."

장난기가 발동한 아빠는 동생의 속내를 모르는 척 정문에 내려주겠다고 했고, 당황한 동생이 거듭 사양하면서 한바탕 실랑이를 벌였다고 했다. 나는 그런 일로 장난치는 아빠가 좀 어이없었다. 아빠는 동생의 표정이 떠올랐는지 쿡쿡 웃더니 기쁜 목소리로 말했다.

"재영이는 착해서 아빠를 부끄러워하지 않지."

물론 나는 화물차를 운전하는 아빠가 부끄럽지 않았다. 착해서가 아니라 직업의 귀천을 따져 사람을 판단하는 것이야말로 부끄러워할 일이라고 생각했기 때문이었다. 시간이 많이 지난 뒤에도 아빠는 우리가 함께 살던 시절의 몇 가지 일화를 근거 삼아 나를 '착한 딸'이라고 확신했다. 그러나 내가 생각하기에

착한 딸

그것은 화물차 이야기와 마찬가지로 착함과 아무 상관없는 문제거나 내 행동을 좋은 쪽으로 해석하려는 아빠의 선의에 불과했다.

사실 아빠와 나는 서로가 어떤 사람인지 잘 몰랐다. 단편적이고 일상적인 대화 말고는 깊게 이야기한 적도 없었다. 언젠가 단둘이 서울에서 대구로 오던 날도 세 시간 반 동안 "휴게소에서 뭐 먹을까?", "화장실 갈래?" 같은 말만 주고받았다. 아빠와 나의 관계는 대화하고 이해하는 어른스러운 방식이 아니라 마냥 예뻐하고 예쁨 받는 방식으로 맺어져 있었다. 아빠는 야단치거나 훈육한 적도 없었다. 그런 일은 아예 모르거나 못하는 사람 같았다. 딸들이 해달라는 것은 다 해주고 사달라는 것은 다 사주었다. 엄마가 아이들을 응석받이로 만들 거냐고 핀잔을 줘도, 애정이 가득 담긴 표정으로 우리를 쳐다보다가 "아이고, 예뻐라" 하면서 뜬금없이 볼을 꼬집었다. 나와 동생은 아빠의 애정 표현을 질색했다. 우리를 어린아이 취급해서가 아니라 볼이 얼얼할 만큼 아팠기 때문이었다.

내가 서른이 넘고 마흔이 넘어도 아빠가 나를 대하는 방식은 똑같았다. 무뚝뚝한 나는 귀여움과 거리가 멀었지만 아빠는 흐뭇한 얼굴로 나를 쳐다보다가 옆에 있는 사람에게 묻곤 했다.

"우리 재영이 너무 귀엽지 않아? 응?" 아빠가 나를 착하고 귀여운 딸로 여기는 것은 우리가 그저 예뻐하고 예쁨 받는 관계이기 때문이었다. 우리가 더 가까워지고 서로를 더 알게 되면 아빠가 생각하는 착한 딸은 어디에도 없을 것이었다.

　　2018년 여름은 기상 관측 이래 가장 무더운 해였다. 최고 기온, 평균 기온, 폭염 일수, 열대야 일수가 사상 최고치를 달성했다. 전국 응급실에 실려 온 일사병 환자는 수천 명에 이르렀다. 강릉의 어느 집에서는 베란다에 있던 달걀에서 병아리가 자연 부화했고, 대전 근처의 경부선 철도 레일은 엿가락처럼 휘어졌으며, 대구의 백화점에서는 유리천장의 열기를 화재로 감지한 스프링클러가 오작동하면서 한바탕 소동이 벌어졌다. 뉴스에서는 '100년 만의 살인적 더위', '재난 수준의 폭염' 같은 말이 흘러나왔다.

　　본격적인 더위가 몰려오던 6월 말, 아빠와 나는 공사를 시작했다. 대형 평수의 빌라를 리모델링하거나 단독주택을 건축한 적이 많았던 아빠는 25평짜리 공사를 만만하게 여겼다가 철거를 하자마자 생각을 바꾸었다. 오래된 빌라라는 것을 감안하

　　　　　　　　　　　　　　　　　　　　　　　　착한 딸

더라도 예상보다 상태가 나빴다. 몇 년 전 동파로 인해 다시 설치했다는 온수관은 바닥이 아니라 천장으로 지나가고 있었고, 몇 겹으로 도배된 벽지를 뜯어내자 누수로 인해 걷잡을 수 없이 퍼져나간 곰팡이가 보였다. 단열부터 방수까지 총체적 난국에 처한 집을 보고 아빠가 말했다. "이대로 덮어버릴 순 없어. 설비부터 다시 정리해야겠다." 나는 공사비를 감당할 수 있을지 걱정스러웠다. 내가 책정해둔 예산에는 이런 경우에 대한 비용이 포함되어 있지 않았다.

설비 공사가 끝난 뒤에도 아빠는 많은 것들을 고급 사양으로 선택했다. 내가 비용이 모자랄 것 같다고 걱정하면 "다른 건 몰라도 이것만은 좋은 것으로 해야 한다"라거나 "아빠 말 안 들으면 이 집에 사는 내내 후회할걸" 같은 말을 했다. 아빠가 아무 상의 없이 최고급 사양의 시스템 창호를 주문하고 온 날, 나는 오랫동안 마음속에 담아둔 말을 내뱉고 말았다. "새시는커녕 나무 창으로 웃풍이 들어오는 집에서도 살았어. 아빠는 오지도 않았으니 모르겠지만." 술을 끊었던 아빠는 그날 맥주를 몇 잔 마셨다.

부잣집 장남으로 자랐고 젊은 나이에 큰 규모의 사업체를 운영했던 아빠는 사치스러운 면이 있었다. 물건을 구매할 때는 가성비를 따지는 대신 최고급을 선택했다. 아빠 역시 힘든 시기를 보내면서 성향이 많이 바뀌었지만, 10대 시절부터 어려운 가정형편을 겪었고 2, 30대를 쪼들리며 보낸 나와는 확연히 달랐다.

아빠는 내가 "사람들에게 물렁하게 구는 것"—아빠의 표현이다—이 불만이었다. 나는 나이가 지긋한 시공업자에게 뭔가를 지시하거나 요구할 때마다 상대가 불쾌해하지 않을까, 나를 건방지다고 여기지 않을까 걱정스러웠다. 우회적인 표현과 완곡한 어법으로 에둘러 말하느라 요구사항을 제대로 전달하지 못하는 일도 자주 있었다.

아빠는 내가 사람들을 '당당하게' 대하지 못한다고 답답해했다. 내가 생각하기에 당당한 사람과 그렇지 못한 사람의 차이는 성향보다 지위의 문제였다. 사업에 실패하기 전까지 아빠는 다른 사람들에게 지시하고 명령하며 살았다. 나는 한 번도 그런 위치에 있었던 적이 없었다. 아르바이트생이나 계약직이었던 20대에도, 대필 작가나 외주 교정자였던 30대에도 갑보다는 을의 위치에, 때로는 병의 위치에 놓여 있었다. 나는 '당당하게' 지시하고 요구하는 방법을 알지 못했다.

짧은 장마가 지나간 뒤 목공사가 끝나고 도장 작업을 시작했다. 계획한 일정은 나흘이지만 우리 집은 도장 범위가 넓었다. 나무로 제작한 중문과 방문에 우드스테인을 칠하고, 거실과 주방 벽까지 모두 페인트칠하려면 시간이 빠듯했다. 퍼티 작업을 마친 시공업자들은 난감한 기색이었다. 습도가 높은 탓에 퍼티가 마르지 않아 다음 일을 진행할 수 없었던 것이다. 나는 아빠와 점심을 먹으며 말했다.

"현장에 제습기를 갖다 놓으면 어떨까?"

아빠는 얼굴을 찌푸렸다.

"그걸 네가 왜 신경 써? 그 사람들이 알아서 하겠지."

"아니, 그냥, 일하시는 분들에게 도움이 될까 해서…."

"그러니까 그걸 네가 왜 신경 쓰냐고? 현장에 먼지 심한 거 못 봤어? 거기다 제습기 놓으면 다 망가져. 바보 같은 소리를 하고 있어."

짜증 섞인 목소리를 듣자 음식이 목구멍에 걸리는 느낌이었다. 체할 것 같아 숟가락을 내려놓았다. 나도 모르게 힘을 주었는지 숟가락이 식탁에 맞부딪치면서 둔탁한 소리가 났다. 아빠는 내 눈치를 살피더니 반찬을 집어 내 밥 위에 슬그머니 얹었다.

"더 먹지 않고…."

어느새 아빠의 말투는 조심스럽게 바뀌어 있었다. 아무렇지 않게 넘어가고 싶었지만 다시 숟가락을 들지 못했다. 그날 밤 남편은 아빠와 대화한 일을 이야기했다.

"아버님이 식당에서 있었던 일을 이야기하면서 '내가 잘못했지?' 그러시더라고. 부드럽게 대답하셨으면 좋았을 것 같다고 말씀드렸는데 무척 후회하시는 표정이었어."

그날 이후에도 우리는 타일, 바닥, 천장, 조명 등의 문제를 놓고 몇 번 더 다투었다. 나는 다른 사람들한테 뭔가를 요구하는 일은 어려워하면서 아빠에게는 서슴없이 트집을 잡고 불만을 토로했다. 아빠에게 화를 내다가 미안해했고 미안해하다가 화를 냈다. 아빠는 짜증을 내다가 후회하고 후회하다가 짜증을 냈다. 우리는 사과하는 대신 날씨를 탓했다.

"너무 더워서 그래."

"맞아, 불쾌지수가 높으니까."

공사 초반에는 자재를 구입하러 다니느라, 공사 막바지에는 지쳐서 나는 현장에 잘 나가지 못했다. 하루 종일 현장을 지켰던 사람은 아빠였다. 수술과 항암치료 이후 몸이 약해진 아빠는 먼지로 가득한 현장에서 심한 기침과 재채기, 안구건조증에 시달렸다. 온종일 서 있다 집에 돌아오면 종아리에 쥐가 나서

착한 딸

쩔쩔맸고, 유난히 피곤한 날은 밤새 구토를 했다. 이른 아침 가장 먼저 현장에 도착해서 그날의 공정을 확인하는 사람도, 일이 원활하게 진행되도록 작업자들과 소통하는 사람도, 자재비와 인건비를 에누리하는 사람도 아빠였다. 시공 팀에게 커피와 음료를 사다 나르는 일부터 주민들의 민원을 해결하는 것까지 어떤 일도 그의 손을 거치지 않은 것이 없었다.

어느 저녁, 아빠가 혼자 남아 빌라의 복도와 계단을 청소하는 모습을 보았다. 등을 구부린 채 힘껏 밀대질을 하고 있는 아빠의 야윈 뒷모습을 보자 왜 그런지 눈물이 났다.

"윗집에 사는 분이 먼지 난다고 민원을 넣어서…."

아빠는 쑥스러운 듯 그렇게 말하더니 나에게 밀대를 안겼다.

"잘 왔다. 이제 네가 해."

그해 여름 우리는 서로에 대해 좀 더 알게 되었다. 아빠는 내가 깐깐하고 예민한 사람이라는 것을, 어떤 면에서는 신경증적이고 강박적인 사람이라는 것을 알게 되었다. 그렇다고 아빠가 나에게 실망하거나 착한 딸이라는 생각을 바꾼 것은 아니었다. 아빠는 나를 모르면서도 사랑했고 알면서도 사랑했다. 아빠에게 중요한 것은 내가 어떤 사람인지가 아니라 딸이라는 사실 그 자체였다.

입주 청소를 마친 7월의 마지막 날, 아빠와 나는 욕실과 현관 바닥에 재료 분리대를 설치하고 있었다. 아빠가 돌아갈 날이 되자 화를 내고 모진 소리를 했던 것이 새삼스레 마음 쓰였다. 나는 언제 사과해야 할지 눈치를 살폈다. 아빠는 "여기 좀 잡아봐", "본드를 더 칠해야겠다" 같은 말만 할 뿐 평소와 다름없어 보였다. 실리콘 작업이 마무리되었을 때 아빠에게 고맙다고, 그리고 미안하다고 말하려 했다.

"저기, 아빠…."

아빠는 내 말을 가로막았다.

"잠깐만."

그는 창밖에서 들리는 작은 소음에 귀를 기울이고 있었다. 비탈길을 올라오는 마을버스의 엔진 소리였다. 아빠는 거실 창가로 달려가더니 내가 비싸다고 반대했던 시스템 창호를 활짝 열었다. 창문을 열자 엔진 소리가 몹시 크게 들렸다.

"이거 봐, 버스 올라오니까 시끄럽지?"

버스가 가까워지자 아빠는 재빨리 문을 닫았다. 버스는 집

앞을 지나치고 있었지만 소음은 귀를 기울여야 겨우 들릴 정도로 희미해져 있었다.

"이렇게 방음이 좋잖아. 아빠 말대로 하길 잘했지?"

아빠가 너무 의기양양한 표정을 짓고 있어서 나는 웃음을 터뜨렸다.

"그러게, 아빠 말 듣길 잘했네."

새집에서 보내는 첫 밤, 구미로 돌아간 아빠가 이메일을 보내왔다.

"재영이의 집을 함께 만들어가면서 아빠에게 평생 간직할 추억거리가 생겼어. 우리 딸에 대해 더 많이 알게 된 것도 좋다. 아빠는 지난 한 달을 행복하게 기억할 거야. 완성된 집을 보니 기쁘고 뿌듯하더라. 재영과 범준의 취향이 잘 드러난 집이라고 생각해. 새집에서 행복하게 살아야 한다. 그리고 아빠가 많이 미안해. 일흔이 가까워지니 평생 가지고 있던 성격을 고치는 게 쉽지 않구나. 미안하다고 말하는 것도 쉽지 않고…. 아빠한테 섭섭한 일이 많았겠지만 이해해줄 거지? 우리 재영이는 착하니까."

　　아빠는 곤란하거나 미안하면 어떤 말을 해야 할지 몰라 입을 다무는 사람, 어떤 표정을 지어야 할지 몰라 사라지는 사람이었다. 그리고 말로 못했던 이야기를 글로 적어 보내는 사람이었다. 인터넷을 배워 이메일 계정을 만든 아빠가 가장 먼저 편지를 보낸 사람은 나였다. 아빠는 한 번도 나의 자취방에 온 적 없었지만 그 시기에 수많은 메일을 보냈다. 편지를 읽을 때마다 내가 아는 아빠와 모르는 아빠에 대해, 두 아빠 사이에 놓인 아득한 간극에 대해 생각했다. 아빠는 나를 얼마나 사랑하는지, 얼마나 자랑스러워하는지 쓰고 또 썼다. 더 많은 것을 해주지 못해서 미안하다고, 착한 딸이어서 고맙다고 썼다. 그 편지에서 예전에는 보지 못한 아빠의 표정을 보았다. 미안해서 나타나지 못했던 아빠가 아무도 없는 곳에서 어떤 표정을 짓고 있을지 상상할 수 있었다.

　　엄마를 보면 늘 마음이 아팠던 이유는 역할 때문이었을 것이다. 엄마는 자존감과 독립심으로 무장해 있는 사람이었지만 나는 늘 엄마가 가여웠다. 엄마는 자신의 불행이나 고통을 남에게 티 내지 않았고 동정받는 것을 죽기보다 싫어했다. 그럼에도

　　　　　　　　　　　　　　　　　　　　　　　착한 딸

불구하고, 과도하고 부당하며 때로는 불가능하기까지 한 요구를 감내하는 엄마―아내―며느리의 역할을 맡은 사람을 나는 연민 없이 바라볼 수 없었다.

엄마와 달리 아빠에 대한 감정은 양가적이다. 아빠는 나를 행복하게 만드는 사람이자 엄마를 불행하게 만드는 사람처럼 보였다. 아빠에게 연민을 가지게 된 것은 내가 마흔에 가까운 나이가 되고 그가 투병을 시작했을 무렵이었다. 그리고 집을 고치면서 나는 아빠를 좀 더 이해하게 되었다. 내가 나이가 들어서, 아빠가 아파서, 우리가 많은 시간을 함께 보내서가 아니었다. 아빠의 나약함과 결핍감을 발견하면서 과거에 그가 부재하거나 침묵할 수밖에 없었던 이유를 깨달았기 때문이었다. 아빠는 자신에게 주어진 역할―강인한 해결사―을 할 수 없을 때, (사라지고 싶었던 것이 아니라) 사라져야만 했다. (침묵하고 싶었던 것이 아니라) 침묵해야만 했다. 가부장제는 약함을 여성성으로, 강함을 남성성으로 환원하므로 아빠는 자신이 강하지 못할 때 보이지도, 말하지도 말아야 했다. 아빠 또한 남성의 감정을 억압하는 가부장제의 피해자가 아니었을까?

스스로가 위태롭게 느껴질 때마다 아빠의 편지를 읽었다. 이토록 나를 사랑하고 자랑스러워하는 사람이 있다는 사실을 되새겼다. 나는 착한 딸이었다. 내가 아무리 못되게 굴고 모진 말을 해도 아빠에게 그것은 변하지 않는 진실이었다.

9

산책자들

상실 이후에 오는 것

서울시 종로구 구기동 (2)

2018년 6월 16일, 피피가 세상을 떠났다. 그때는 집이 없었다. 일산 신혼집을 나온 뒤였고 구기동 빌라에 들어가기 전이었다. 우리는 임시로 얻은 공간에서 지내고 있었다. 피피의 건강이 예전 같지 않다고 느낀 것은 꽤 되었지만 뚜렷하게 이상 증세를 감지한 것은 일산을 떠나기 얼마 전이었다. 이삿짐을 정리하다가 작게 '쿵' 소리가 들리면 하던 일을 멈추고 피피에게 달려갔다. 피피가 쓰러질 때 머리를 바닥에 부딪치는 소리였다. 달려가 보면 어김없이 눈이 뒤집히고 게거품을 문 채 경련하고 있었다. 그럴 때는 바닥을 뒹굴다가 어딘가에 부딪치지 않도록 안아줘야 했다. 유전병으로 인한 발작 증세가 나타난 것은 행신

산책자들

동에 살던 때였지만 그 무렵에는 급격히 주기가 짧아지고 있었다.

6월 14일, 우리는 이삿짐을 보관센터에 보낸 뒤 피피와, 1년째 임시보호를 하고 있던 유기견인 호동이를 데리고 단기 임대한 집으로 갔다. 15일에는 새집의 공사를 의뢰할 시공업자를 만나러 갔다. 발작이 잦아진 피피를 낯선 공간에 두는 것이 불안했지만 빨리 돌아오면 괜찮을 거라고 생각했다. 내가 돌아왔을 때 피피는 힘겹게 숨을 몰아쉬고 있었고 호동이는 그런 피피를 보며 어쩔 줄 몰라 하고 있었다. 동물병원으로 가는 차 안에서 피피는 금방이라도 숨이 넘어갈 것처럼 헐떡거렸다. 폐에 액체가 가득 차 있다는 진단을 받았고, 폐를 채운 것이 물인지 피인지 알 수 없다는 소견을 들었으며, '위험한 상태'라는 말을 들었다. 돌아가면 오늘 밤을 넘길 수 없을 거라고 했다. 그러나 입원해도 오늘 밤을 넘길 수 없을지 모른다고 했다.

피피는 병원을 무서워했고 낯선 사람을 경계했다. 피피에게 가장 끔찍한 일은 두려워하는 장소에서 모르는 사람들에게 둘러싸여 죽어가는 상황일 것이었다. 그래도 피피가 살 수 있을 거라 믿으며 입원실에 남겨두었다. 내가 돌아간 뒤 피피는 밤새 긴장과 불안 상태에서 심한 발작을 일으켰다. 이뇨제를 맞고도 필사적으로 소변을 참아서 폐에 찬 액체도 빼내지 못했다. 병원에서는 해줄 것이 없다고 했다. 날이 밝자마자 피피를 데리러 갔다. 피피는 입원실 유리창 너머에서 흐릿한 눈빛으로 나를 바라보며 힘없이 꼬리를 흔들었다. 돌아가는 길에 피피에게 말했다. "집에 가자." 이틀 전까지 피피가 살았던 집은 더 이상 우리 집이 아니었지만 그 말이 피피를 안심시켜줄 거라고 생각했다.

임시 거처에 도착한 뒤 나와 남편, 동생과 제부는 작은 생명이 꺼져가는 모습을 지켜보았다. 우리 넷은 피피가 좋아하는 몇 안 되는 사람들이었다. 피피는 마음을 잘 열지 않았고 친밀하지 않은 이가 자신의 몸을 쓰다듬는 것도 허락하지 않았지만, 가족에게는 더없이 다정한 개였다. 내 품에 안긴 피피의 작고 여린 몸이 가늘게 떨렸다. 잠시 후 발작이 일어났을 때처럼 심한 경련을 일으키더니 이윽고 잦아졌다. 피피의 심장이 멈추던 적요한 순간, 나는 이 감각을 오래 기억하며 살게 되리라는 것을 알았다.

피피와 보낸 시간은 만 12년이고 함께 살았던 집은 네 곳이다. 봉천동, 금호동, 행신동, 일산. 신혼집을 떠날 때 구기동 집이 피피와 지내는 마지막 집이 되리라 생각했다. 이사를 하고 한동안은 집 안을 두리번거리며 의아해했다. 피피가 어디 갔지? 그리고 다음 순간 망연한 심정으로 깨달았다. 피피는 이 집에 온 적이 없지. 내 곁에는 호동이가 있었다. 혼종견인 호동이는 사람들이 반려견으로 선호하는 개가 아니었다. 피피가 떠나고 얼마 뒤, 구조된 지 몇 년이 지나도록 입양 문의가 없던 호동이를 가족으로 맞이했다. 피피의 방석을 놓아주려던 자리에 호동이의 방석을 놓았다. 피피와 걸으려던 길을 호동이와 걸었다.

이사한 지 일주일째 되던 밤, 갑자기 울음이 터지더니 숨이 가빠왔다. 가슴이 조이면서 순식간에 과호흡 상태가 되었다. 온몸이 뜨거워졌고 식은땀이 흘렀다. 팔다리에 경련이 오는가 싶더니 마비되는 느낌이 들었다. 숨이 턱 끝까지 차자 질식사할지 모른다는 공포감에 머리가 아득해졌다. 증상은 15분쯤 지속되다 사라졌다. 첫 번째 공황발작이었다. 며칠 뒤 한 번 더 발작을 겪자 바깥에 나가는 일이 어려워졌다. 길거리나 지하철역처럼 사람들이 많은 곳에서 쓰러질까 봐 두려웠다.

한편으로는 마음이 놓이기도 했다. 내 신체가 통제 불능의 몸처럼 느껴지던 순간, 무슨 일이 일어나고 있는지 알 수 없어 겁이 났다. 그러나 이 증상에 이름이 있다는 것, 그래서 설명할 수 있는 일이라는 것이 나를 안도케 했다. 또한 피피의 죽음에도 불구하고 아무 이상 증세가 없었다면 더욱 죄책감에 시달렸을 것이다. 두 번의 공황발작이 피피를 애도한다는 증거처럼 느껴졌다.

눈을 뜰 때마다 상실을 깨닫는 것으로 하루가 시작되었다. 창밖을 보다가, 밥을 먹다가, 설거지를 하다가, 심지어 잠에서 깨자마자 난데없이 눈물이 흘렀다. 내가 잃은 것이 무엇일까 생각했다. 떠나보낸 것은 개 한 마리가 아니라 다정한 존재와 함께한 내 삶의 한 시절이었다. 가끔 피피의 이름을 불렀다. 세상에 없는 누군가의 이름을 부르는 것은 다시 돌아오지 않을 한 시절을 부르는 일이었다.

집과 동네가 위로가 되었다. 북한산 경관 보호구역인 구기동은 시야를 가리는 고층건물이 없어 곳곳에서 산이 보였다. 집은 거의 다 오래된 빌라나 단독주택이었다. 주택가의 골목길은 산길로 이어졌다. 공황발작을 겪기 전에도 나는 좀처럼 바깥에 나가지 않았고 걷는 것도 즐기지 않았다. 그러나 자연과 가까운 동네에 사는 이상 조금은 달라져야 할 것 같았다. 이 동네로 이

산책자들

사 올 때 남편이 기대한 것도 내가 약간이나마 활동적인 사람이 되는 것이었다. 게다가 내 옆에는 걷기와 달리기를 미친 듯이 좋아하고 하루 종일 간절한 눈빛으로 창밖을 바라보는 생기 넘치는 동물이 있었다. 그해 가을, 호동이와 함께 북한산 둘레길과 구기동, 평창동, 부암동 일대를 걷고 또 걸었다.

많은 작가와 철학자는 산책자였다. 그들은 걷기를 문학적이고 철학적인 주제로 삼았다. 헨리 데이비드 소로는 자신이 걸었던 길에 대해 이런 글을 썼다. "두세 시간의 오후 산책은 언제나 나를 낯선 나라로, 내가 평생 가볼 수 있는 그 어느 나라 못지않게 낯선 나라로 데려다준다"(헨리 데이비드 소로, 『달빛 속을 걷다』). 누군가에게 걷는 행위는 구호고 은유고 통찰이었다. "한 사람의 열 걸음보다 열 사람의 한 걸음을" 같은 정치적 구호(막심 고리키, 『어머니』), "그는 하나의 내면이 되었고 그렇게 내면을 산책했다" 같은 문학적 은유(로베르트 발저, 『산책자』), "걷는 것은 헐벗음의 훈련" 같은 철학적 통찰처럼(다비드 르 브르통, 『걷기예찬』).

흔히 걷기를 여기에서 저기로 이동하는 수단, 어딘가에 도달하는 과정이라 여기지만 목적 없는 걷기는 그 자체로 목적이 된다. 호동이와 나의 산책은 목적이 없거나 있더라도 중요하지 않았다. 집을 나서면서 북한산 국립공원 입구까지 다녀오자거나 반려견 동반이 가능한 부암동 카페에서 커피를 마시자고 계획할 때도 있었지만, 목적지를 바꾸어도 괜찮았고 중간에 돌아와도 상관없었다. 상념을 지우고 '걷는 것', 걸으면서 '보는 것'에 집중하려 노력했다. 항상 이런저런 생각으로 머릿속이 어지러운 나는 단조롭게 두 발만 움직이면서 그 순간에 집중하는 일이 어려웠다. 호동이는 네 발 달린 동물답게 걷기에 왕성한 의욕을 보였다. 전봇대, 가로수, 담장에 남은 동족의 체취를 탐색하고 신중하게 자신의 흔적을 남겨놓았다. 호동이는 자기 앞에 펼쳐진 길을 걷고, 자기 앞에 나타난 것을 응시하고, 자신이 본 것을 인지하는 데에만 열중하는 타고난 산책자였다.

얼마 뒤 산책 코스는 호동이의 선호에 따라 두 군데로 좁혀졌다. 하나는 내가 사는 빌라 단지에서 길이 이어지는 '탕춘대성蕩春臺城'이었고 또 하나는 집에서 10여 분 거리에 있는 '백석동천白石洞天'이었다. 한성의 서쪽이라 하여 '서성西城'이라고도 불리는 탕춘대성은 숙종이 한성을 방위하기 위해 세운 산성이었다. 빌라 후문으로 나가 산길을 따라 20분쯤 올라가면 탕춘대성 암문暗門에 도착할 수 있었다. 성곽의 흔적이 남아 있는 봉우리에 서면 동쪽으로는 종로구가, 서쪽으로는 서대문구가 한눈에 내려다보였다. 우리는 나무 그늘에 앉아 도시의 풍경을 바라보다가 6, 70년대 구옥이 남아 있는 주택가 길로 내려오곤 했다.

백석동천은 북악산 뒷자락에 위치한 조선시대 별서 유적지였다. 평창동에서 백석동천으로 향하다 보면 '백석동주'라는 술집을 지나치게 되었다. 마지막 글자인 '하늘 천天'을 '술 주酒'로 바꾼 것이겠지만 지명을 알기 전에는 시인 백석과 윤동주의 이름이라 생각했고, 술집 주인이 시를 좋아하는 사람일 것이라고 내 멋대로 짐작했다. '백석'은 중국의 명산인 '백석산'에서 따온 명칭이었고 '동천'은 '산천으로 둘러싸인 경치 좋은 곳'이라는 의미였다. 우리는 숲길을 거닐다 별서 터 옆에 있는 백사실 계곡에 앉아 시간을 보냈다. 흰 바위로 뒤덮인 맑은 계곡에는 도롱뇽과 개구리가 살고 있었다.

가끔은 부암동 주택가를 지나 인왕산 자락에 있는 윤동주 시인의 언덕까지 걸어갔다. 부암동에도 7, 80년대의 흔적이 남아 있었다. 가끔 걸음을 멈추고 30년 된 슈퍼마켓이나 40년 된 방앗간을 바라보았다. 탕춘대성이나 백석동천 같은 고색창연한 지명을 입속말로 발음하거나 세월의 흔적을 간직한 주택과 건물을 바라보고 있으면, 사라진 것과 사라지고 있는 것에 뭉클한 마음이 들었다. 낡고 애잔한 이 동네의 골목이 선망하고 동경하던 이국의 거리보다 좋았다.

    집을 보러 다닐 때 어느 부동산 중개업자는 이 동네의 특성을 '토박이의 동네'라고 표현했다. 사람이 빈번하게 들고나는 곳이 아니라고, 한 번 들어온 사람은 여기를 떠나지 않는다고 강조했다. 그는 오래되고 불편한데다 부동산 호재도 없는 동네의 장점을 설명하기 위해, 주거지를 선택하는 전혀 다른 관점을 제시해야 했을 것이다. 그러나 내가 이 동네를 선택한 이유는 토박이가 되고 싶은 마음, 정착의 욕망 때문이 아니다. 여러 지역과 계층의 사람을 흡수하고 통합하며 만들어진 도시에서 토박이의 동네라는 말은 허상일 것이다. 나도 당신도, 어딘가로부터 누군가로부터 떠나온 이방인이다. 나는 20대 때처럼 떠돌지 않아도 되는 데 안도하면서, 그러나 여전히 어딘가로 떠나기를 꿈꾼다. 진정으로 떠날 수 있는 때는 더 이상 떠돌지 않아도 되는 때인지 모른다.

    동네를 선택하는 나의 기준은 좀 더 근원적인 부분이 있다. 여기에는 현실적인 이유, 이를테면 부동산적 가치나 주거의 편리함 등이 반영되어 있지 않다. 이 동네가 오래전 모습을 간직하고 있는 것이 좋다. 시간이 느리고 태평하게 흘러가는 느낌이 좋다. 산이 많고 아파트가 없으며 골목이 남아 있는 것이 좋다. 햇살과 바람을 맞으면서 숲길을 걷는 것이 좋다. 어떨 때는 토박이의 동네라 불리는 곳에서 이방인만이 발견할 수 있는 무언가를 찾고 있다는 생각도 든다.

하지만 그것이 전부는 아니다. 나는 곳곳에 세월의 흔적이 남아 있는 이 동네에서 내가 버리고 떠나온 과거와의 연속성을 느낀다. 예전에 살았던 집, 그러나 지금은 사라진 장소를 목격했을 때 나는 커다란 상실감을 느꼈다. 그것은 물리적 구조물을, 기둥과 지붕을 잃는 일이 아니었다. 그립지만 그리워할 것이 남아 있지 않은 곳, 낡아서 사라졌거나 낡기도 전에 사라진 곳, 그곳에서 나의 과거도 휘발해버린 것 같았다. 오래된 장소는 사라진 것들을 대신한다. 이곳에 산 지 얼마 되지 않았지만 내 삶의 여러 기억이 이 집의 안팎에 스며 있는 것처럼 느껴진다.

이 책에 등장하는 집은 내가 그곳에 살지 않았다면 지금 전혀 다른 사람이 되어 있을 것이라는 전제에서 쓰였다. 장소를 선택하는 것은 삶의 배경을 선택하는 일이다. 삶의 배경은 사회적으로든 개인적으로든 한 사람이 만들어지는 데 중요한 역할을 한다. 나는 여전히 북성로 집 마당에서 무화과를 따먹는 아이, 학교에서 따돌림을 당하는 외로운 전학생이다. 트럭 조수석에 몸을 싣고 서울의 북쪽을 떠도는 이주민, 나의 공간을 더 나은 곳으로 바꾸기 위해 애쓰는 비혼자다. 그 정체성이 모여 나의 취향과 관점과 사고방식을 형성했다. 내 욕망의 많은 것이 전부는 아니라도, 적어도 일부는 내가 살았던 곳에서 비롯되었다. 글을 쓰고 싶어 하는 욕구, 고정된 성 역할을 거부하는 마음, 자기만의 방과 나의 자리에 대한 애착처럼.

　　나는 한 존재를, 한 시절을 잃고 이 집에 왔다. 이곳에서의 시간은 슬픔과 상실을 안고 시작했지만 그조차 이 공간에서 만들어갈 나의 일부라는 것을 안다. 이제는 여기가 내 삶의 새로운 배경이 될 것이다.

산책자들

10

최초의 집

재현하고 싶은 기억

서울시 종로구 구기동 (3)

프랑수아 할라드의 『사울 레이터』는 빈집의 실내를 찍은 사진집이다. 이 책은 2015년 뉴욕에 살던 사진작가 프랑수아 할라드가 친구에게 받은 한 통의 전화로부터 비롯했다. 친구는 자신이 구입한 아파트가 비어 있는데 그 집을 찍어보겠느냐고 물었고, 할라드는 자택에서 두 블록 떨어진 그 아파트로 갔다. 그곳은 공교롭게도 "한 편의 시에 가까운 작품", "일상적 풍경에도 결정적 순간이 있음을 간파"했던 걸출한 사진작가 사울 레이터가 50년 넘게 거주하면서 작업실 겸 집으로 사용하던 공간이었다(사울 레이터, 『사울 레이터의 모든 것』).

　　집은 2013년 사울 레이터가 사망한 뒤 2년째 비어 있었지만 그의 취향을 짐작할 수 있는 몇 가지 흔적이 남아 있었다. 등받이가 높은 의자, 코닥 인화지가 든 상자, 나무 탁자, 이사무 노구치가 디자인한 아카리 조명. 할라드는 애정과 존경을 담아 그 공간을 촬영했고 1년 뒤 이 사진을 본 사울 레이터 재단의 디렉터 마지트 어브는 할라드에게 이렇게 말했다. "Your photographs make me smile because I remember how Saul always dreamed of being a minimalist(당신의 사진은 나를 미소 짓게 합니다. 왜냐하면 나는 사울이 언제나 미니멀리스트가 되기를 꿈꾸었던 것을 기억하기 때문입니다)"(François Halard, 『Saul Leiter』).

구기동 집으로 이사를 앞두었을 때, 나는 이 사진집을 보며 미니멀리즘에 대해 생각했다. 미니멀리즘에 대한 이미지는 다양하지만 사울 레이터의 이 집—사후의 집, 죽음에도 불구하고 남겨진 흔적—만큼 미니멀리즘을 잘 구현하는 이미지는 없을 듯했다. 간소한 삶에 대한 생각은 죽음에 대한 생각과 맞닿아 있는지 모른다.

내가 아는 또 한 명의 미니멀리스트는 엄마였다. 아빠는 새것과 쇼핑을 좋아하는 반면 엄마는 최소한의 물건을 적절한 자리에 놓아두려고 노력했다. (엄마는 아빠가 사들인 물건을 보며 "다 치워버리고 싶다"고 혼잣말을 하곤 했다.) 가족과 함께 살았던 집에서 내가 편안함을 누렸던 이유는 편리한 첨단기기를 향유했기 때문이 아니라, 있어야 할 물건이 있어야 할 자리에 있었기 때문이다. 엄마는 필요한 것과 불필요한 것을 구분하고 물건에 제자리를 찾아주었다. 엄마처럼 섬세하고 사려 깊은 미니멀리스트가 되고 싶다고 생각하면 내가 가지고 있는 많은 것이 거추장스러웠다.

신혼집의 이삿짐을 정리하며 온라인에서 가구와 소품을 중고로 판매했다. 미니멀리스트까지는 아니더라도 좀 더 간소하게 지내고 싶었다. 가족은 둘뿐인데 의자는 지나치게 많았고 신혼 초에 열광적으로 사들인 북유럽 포스터는 창고에서 먼지가 쌓여가고 있었다. 화병, 촛대, 쿠션 등은 결혼할 당시 유행하던 덴마크 리빙 브랜드의 제품이었는데, 집 꾸미기에 관심 있는 사람은 하나씩 가지고 있던 아이템이라 샀던 것이었다. 그 물건이 스스로의 취향 없음을 드러내는 것 같아 부끄러웠다. 나에 대해 아무것도 설명하지 못하는 사물이므로 주인 없는 물건 같기도 했다.

남겨둔 것은 사소하게나마 추억이 담긴 물건으로, 남편이 처음으로 꽃을 선물한 날 함께 건넨 화병이라든지, 지인이 손수 나무를 깎아 만든 소품 같은 것이었다. 기억이 담긴 물건을 소유하는 것이 이야깃거리를 소장하는 일처럼 느껴졌다. 이사 후 책상과 식탁 등 몇 가지 가구를 새로 들였지만 유행을 쫓기보다는 오래 사용할 수 있는 것을 선택했다. 최소한으로 구매하기 위해 최대한으로 신중하려 했다.

　　물건을 가지거나 버리는 문제에서 나아가 '어떤 집에 살고 싶은가'를 생각하면 여러 질문이 따라왔다. 나는 무엇을 좋아하는가? 무엇을 그리워하는가? 돌아가고 싶은 시절은 언제인가? 인테리어 자료를 모으기 위해 잡지나 인터넷에서 다양한 스타일의 집을 찾아보다가도 불현듯 북성로 집이 떠올랐다. 아름다운 구석이라곤 하나도 없다고 느꼈던 곳. 오래된 데다 어떤 면에서는 구식처럼 보였던 곳. 그러나 나는 그곳을 언제나 고향이자 최초의 집으로 여겼다. 나의 어린 시절 얼굴이나 젊은 부모님의 모습보다 그 집의 전경이 더 생생했다. 그 집은 이후의 내가 집에 대해 생각할 때, 그리고 나에 대해 생각할 때 가장 먼저 떠오르는 이미지였다. 최초의 집은 우리 삶의 기원, 뿌리가 되어준다.
　　내 최초의 집은 가부장적 관습이 공기처럼 떠도는 곳이었고, 동시에 첫 아이—여자아이인 나에 대한 사랑이 넘쳐흐르는 모순적인 공간이었다. 아빠가 소년에서 어른이 된 집, 할아버지가 세상을 떠난 집, 엄마가 혹독한 시집살이를 견뎌냈던 집, 내가 성장 이후의 불운을 견딜 수 있는 자존감을 형성해가던 집이었다.

남편은 나와 달리 최초의 집에서—그의 기억이 시작되던 서너 살 때부터 살았던 작은 마당이 딸린 주택에서— 거의 평생을 지냈다. 그에게 최초의 집은 바쁜 부모님을 둔 외아들로서 혼자 긴 하루를 보내던 곳이었다. 장난감 하나가 자동차도 되고 비행기도 되고 우주선도 되던 집, 그가 외벽에 삐뚤빼뚤한 글씨로 "우리 집에 놀러와"라고 낙서해놓은 집, 한밤중에 창밖을 내다보면 산 중턱에서 빛나는 초소의 불빛이 별처럼 반짝이던 집이었다.

우리의 최초의 집은 다른 지역에 있었고 다른 사람들이 살았으며 다른 역사를 품고 있었지만 비슷한 형태를 하고 있었다. 파주 외곽에 위치한 그의 집을 처음 방문한 날 나는 북성로 집으로 돌아온 느낌을 받았다. 거실 벽은 나무 루버로 장식되어 있었고 방마다 음각이 새겨진 짙은 나무 문이 달려 있었다. 집 안 곳곳에 손때 묻은 원목가구가 있었으며 침실은 오래된 꽃무늬 벽지로 도배되어 있었다. 그런 실내장식은 7, 80년대에 지어진 주택의 공통점일 테지만 나는 우리가 비슷한 풍경 속에서 자랐다는 데 동질감을 느꼈다. 우리가 결혼한 지 얼마 되지 않아 시부모님은 그 집을 떠났다. 나와 마찬가지로 이제 그에게도 최초의 집은 돌아갈 수 없는 곳, 그립고 애틋한 장소, 회귀하고 싶고 재현하고 싶은 공간이 되었다.

구기동 집은 우리 두 사람의 최초의 집을 현대적으로 변형한 것이다. 방문은 어두운 빛깔의 나무 문이고 가구는 짙은 호두나무와 티크나무다. 현관에는 예스러운 격자무늬의 나무 중문이 있고, 거실 한쪽에는 북성로 집 서재에 있던 것과 흡사한 붙박이 책장이 있다. 침실은 부모님의 방을 연상시키는 꽃무늬 벽지로 도배되어 있다. 짙은 초록색 풀밭에 분홍색 들꽃이 피어 있는 그림의 벽지는 창밖의 나무들과 어우러져 숲속에 있는 기분을 느끼게 한다.

거실은 나의 작업실이다. 남편은 거실을 공동 공간이 아닌 나의 공간으로 사용하라고 권했다. "매일 방에 틀어박혀서 일하면 답답하잖아"라면서. 신혼집 거실은 텔레비전과 소파가 마주

보고 있는 일반적인 모습이었다. 그러나 우리는 텔레비전을 자주 보지 않았고 거실에 머무는 시간이 거의 없었다. 그곳은 가끔 찾아오는 손님을 위한 응접실이었다. 남편은 거실을 가장 잘 활용할 수 있는 방법이 나의 서재 겸 작업실로 사용하는 것이라고 했지만, 집에서 가장 넓은 공간을 전적으로 아내에게 내어주기란 쉽지 않은 일이었을 것이다. 책상 앞에 앉을 때마다 나의 글이 남편의 배려와 지지로 쓰이고 있다는 사실을 되새긴다.

남편은 자신의 방으로 주방 옆에 있는 방을 선택했다. 작은 방이지만 창밖으로 나무가 우거져 풍경이 아름답다. 그의 방에는 참나무로 만든 작은 책상이 있는데 그는 집에 있을 때 이 책상 앞에서 많은 시간을 보낸다. 신혼집과는 다른 모습이지만, 또한 내가 전적으로 특권을 누리는 구성이지만 우리는 여전히 각자의 공간을 가지고 있고 자신의 공간을 집에서 가장 좋아한다.

거실—작업실의 벽 하나를 차지하고 있는 붙박이 책장은 400여 권 정도의 책을 수납할 수 있다. 계절이 바뀔 때마다 헌옷을 버리듯 책을 버리기 때문에 항상 비슷한 권수가 유지된다. 자주 이사를 다니던 시절 책이 많아지는 것이 짐스러워서 늘 책을 정리하던 습관이 지금까지 몸에 배었다. 읽지 않는 책들은

최초의 집

헌책방에 팔거나 필요한 사람에게 나눠준다.

책장 옆에는 이 글을 쓰고 있는 책상이 있다. 처음에는 오래된 빈티지 책상을 두려 했지만 책상에서 오랜 시간을 보내는 나로서는 장시간 작업하기에 불편한 점이 있었다. 나는 핸드메이드 가구점에서 아르네 보더의 디자인을 본뜬 책상을 제작했다. 양옆에 서랍이 달려 있고 뒤쪽은 책장의 형태를 하고 있는 이 책상은 20세기 중반의 전형적 디자인이다. 그러나 빈티지 책상과 달리 나의 앉은키와 의자와 컴퓨터를 고려해서 크기와 높이를 설정했기 때문에 오랫동안 작업할 때도 어깨나 허리에 통증이 덜하다. 숙련된 목수가 수작업으로 만든 호두나무 책상은 견고하고 단단하다.

책상을 고르는 데에 고심했던 이유는 글을 쓰기 위해서이기도 하지만 지극히 개인적인 가구여서이기도 하다. 식탁이나 책장, 소파나 침대와 달리 나는 책상을 남편과, 또는 다른 사람과 공유하지 않는다. 누군가가 자기만의 방을 가지고 싶다면, 그러나 그것이 어려운 환경이라면 집의 한구석에 자기만의 책상을 놓았으면 좋겠다. 그러면 책상이 차지하는 면적만큼 내밀한 공간을 소유할 수 있을 것이다.

소파는 창문을 마주보는 위치에 놓여 있다. 창밖의 작은 화단에는 단풍나무와 대추나무, 남천나무와 장미가 있다. 휴식을 취할 때면 소파에 앉아 나무를 바라본다. 가끔은 화단 너머로 사람들—길고양이에게 통조림 캔을 주고 가는 여고생이나 건너편 구옥에서 꽃을 가꾸는 노인—을 바라본다. 창밖을 자주, 오래 바라보는 것은 이 집에 와서 생긴 습관이다. 집을 선택하는 것은 매일 보게 될 풍경을 선택하는 일이기도 하다.

　　이 공간에서 세 계절에 걸쳐 집에 대한 이야기를 썼다. 자기만의 방과 글쓰기에 대해 이야기할 때 흔히 버지니아 울프를 언급하지만 나는 얼마 전에 읽은 에밀리 디킨슨에 대한 이야기를 자주 떠올렸다. 그는 1830년에서 1886년까지 매사추세츠 애머스트 메인스트리트 208번지 2층의 모퉁이 방에 살았다. 조카인 마사의 증언에 따르면 디킨슨은 그 방에 처음 왔을 때 열쇠를 돌려 방문을 잠그는 시늉을 하며 "매티, 이제 자유야"라고 말했다 한다. 그는 생전에 인정받지 못했고 시도 일곱 편밖에 출판하지 못했으며 그나마도 다른 사람의 편집을 거친 것이었다. 사후에 여동생이 침실 서랍장에서 천 편이 넘는 시를 발견하고 나서도 그가 위대한 작가로 평가받기까지는 오랜 시간이 걸렸

최초의 집

다.

　　고독한 분투의 장소였을 방에서 그는 오랫동안 은둔 생활을 했다. "완전히 밀폐된 은거가 아니라 읽기와 서신과 광범위한 사람들을 포함한 은둔이었다"(에이드리언 리치, 『우리 죽은 자들이 깨어날 때』). 에이드리언 리치가 디킨슨에 대해 쓴 에세이의 제목은 '집 안의 활화산'이다. 나는 디킨슨이 자신이 바라던 대로 방 안에서 자유로웠으리라고, 적막하지만 활화산처럼 폭발적인 시간을 보냈으리라고 짐작한다. 누군가는 집 안에 길이 있다고 하고 다른 누군가는 집 밖에 길이 있다고 하지만 나에게 두 문장은 다르지 않다. 몸을 집 안에 두고도 세계를 유랑하는 이들이 있다. 디킨슨처럼 아무데도 가지 않는 여행자를, 먼 곳을 떠도는 은둔자를 나는 흠모한다. 나의 방─작업실─서재가 내면으로 들어가는 길이자 외부로 나가는 길이기를 바란다. 책상 앞에 앉을 때마다 디킨슨이 했던 말을 떠올린다.

　　"이제 자유야."

　　실내를 둘러보면서 아빠와 내가 서로를 알아가던 여름을 생각한다. 내가 설명한 디자인을 아빠가 노트에 스케치하던 장면이나, 아빠의 검은 점퍼에 톱밥과 먼지가 뽀얗게 묻어 있던 모습이 기억난다. 이 집에는 엄마의 손길도 닿아 있다. 1층인 우리 집이 전용으로 사용하는 자그마한 정원은 전 주인이 방치한 탓에 잡초가 무성하고 쓰레기가 나뒹굴고 있었다. 엄마는 뜨거운 햇볕 아래에서 잡초를 뽑고 쓰레기를 치운 뒤 원래 있던 대추나무와 단풍나무 옆에 남천나무를 심었다. 집 안 곳곳에 설치한 빈티지 조명과 몇몇 가구, 커튼과 침구는 동생이 함께 선택한 것이다. 이 집에는 가족의 손길이 스며 있다. 나는 혼자 집에 있을 때도 가족과 깊이 연결되어 있다고 느낀다.

　　이사 후 부모님 집 찬장과 창고에 방치되어 있던 물건을 몇 개 가지고 왔다. 엄마가 자신의 신혼살림으로 구매한 유리잔과 접시, 아빠가 오랫동안 소장하고 있던 그림, 할아버지의 유품인 시계 같은 것이다. 1978년 가을, 엄마는 혼자 수입상가에 가서 혼수로 사용할 물건을 골랐는데 나에게 준 테이블웨어도 그 중 하나였다. 검은색과 금색의 박箔이 들어간 투명한 유리잔이나 무늬가 새겨진 고풍스러운 접시는 40여 년이 지난 지금도 여전히 세련되어 보인다. 유리잔에 물을 따르거나 접시에 음식을 담다가 1978년의 엄마를 상상한다. 맞선으로 알게 되어 고작 세 번 만났을 뿐인 남자와의 결혼을 앞두고 있었던, 아직은 고난과

시련을 모르던 젊은 여인을.

거실에 걸려 있는 조돈영 화백의 1977년 작 풍경화는 나의 기억이 시작되는 순간부터 우리 집에 있던 그림이다. 지금은 베이지 색 아마사천 위에 배접되어 물푸레나무 프레임에 들어 있지만, 북성로에서는 두껍고 화려한 금색 액자를 두르고 있었다. 명문 빌라에 살 때 아빠는 그림을 많이 구매했다. 거실에 김창렬 화백의 물방울 작품이 걸리면서 이 그림은 작은 방으로 밀려났다. 그러나 여러 번 이사를 거치면서 아빠가 아끼던 그림들까지 처분하거나 유실한 뒤에도 웬일인지 이 작품만은 늘 우리 집에 있었다.

할아버지가 1960년대에 당시 집 한 채 값을 지불하고 구매했다는 오메가 시계는 침실의 트레이 위에 놓여 있다. 이제 시계로서의 기능은 못하지만 나는 할아버지의 유품을, 한때의 부유함을 증명하는 거의 유일한 유산을 소장하는 것이 의미 있으리라 여겼다. 이 시계를 보면 1987년 가을의 어느 밤, 아빠가 북성로 집 2층에서 자고 있던 나를 깨워 "할아버지가 돌아가셨어"라고 말하던 순간이 생생하게 떠오른다. 아빠의 눈이 젖어 있던 것도.

이 집에 특별함이 있다면 가족이 함께 완성한 집이라는

것, 그들이 다른 시기에 각자의 안목으로 고른 물건이 모여 있다는 것이다. 나는 이 집이 시공을 초월한 장소처럼 느껴진다. 두 집에, 최초의 집과 현재의 집에 살고 있는 것 같다. 북성로 집에서 대가족의 사랑을 받으며 지냈던 날은 내 삶에서 가장 행복한 시절이었다. 그 기억이 발휘하는 강력한 힘으로 이후의 시간을 살아왔다. 이 집은 사랑하는 이들을 기억하며 기꺼이 혼자가 되는 공간이다.

나는 이 집에 오래 살 수도 있다. 어쩌면 얼마 되지 않아 다른 곳으로 떠날지도 모른다. 어느 쪽이든, 사는 동안 이 공간을 소중하게 여길 것이다. 아빠는 말했다. "집도 생명체와 같아서 아끼고 소중하게 대해야 한다." 그에게 집은 무엇이었을까? 집을 가지고 그 집을 잃고 이후로도 오랫동안 많은 것을 잃어야 했던 그 세월은 무엇이었을까? 북성로 집이나 명문 빌라처럼 가족이 완전하게 우리 집이라 여겼던 집뿐 아니라, 이후에 살았던 초라하고 볼품없는 집조차 아빠는 소중히 대했다. 생명체처럼 우리와 함께하는 존재로서. 어디든 우리 집이 되었을 때 아빠는 바로 거기에서 다시 시작했다. 지금 내가 여기에서 내 삶의 새로운 시절을 시작하는 것처럼. 더 나은 삶을 살기를, 더 멀리 가기를 꿈꾸는 것처럼.

최초의 집

지금 호동이는 내 발치에 엎드려 있다. 피피와의 날들이 그렇듯 언젠가는 이 집이, 이 순간이 그리워지리라는 것을 안다. 나의 기억은 집이라는 물질적 환경과 깊이 연결되어 있다. 특정한 시절을 회상할 때마다 집의 형태, 구조, 배치, 마감재, 색깔, 빛의 방향, 심지어 벽 귀퉁이의 흠집 같은 것이 기억의 일부로서 나의 서사를 형성한다.

집에 대해 쓰는 것은 그 집에 다시 살아보는 일이었다. 간절히 돌아가고 싶은 곳이 있었고 다시는 돌아가고 싶지 않은 곳이 있었다. 정확히 말하면 돌아가고 싶거나 돌아가고 싶지 않은 것은 공간이 아니라 시절일 것이다. 과거가 되었기에 이야기로서의 자격을 부여받은 시절. 나는 집에 대해 쓰려 했으나 시절에 대해 썼다. 내가 뭔가를 알게 되는 때는 그것을 잃어버렸을 때다. 현재의 집이 가진 의미를 깨닫는 것도 이곳을 영원히 상실한 다음일 것이다. 아직 이 집은 한 시절이 되지 않았다.

한 존재를 잃고 온 나에게 집과 동네가 위로가 되었다.

최초의 집을 현대적으로 재현하고자 한 구기동 집.

섬세하고 사려 깊은 미니멀리스트가 되는 것은
물건들을 신중히 고르고 배치하는 일인지 모른다.

이 집은 사랑하는 이들을 기억하며 기꺼이 혼자가 되는 공간이다.

내 안에 든 집

김하나

하재영 작가의 책 『아무도 미워하지 않는 개의 죽음』을, 나는 그해 '올해의 책'으로 꼽았다. 그 책에 대한 대담을 내가 진행하게 되어 하재영 작가를 만났을 때 나는 조금 놀랐는데, 그것은 책을 읽고 막연히 상상했던 작가의 모습과 실제의 그가 꽤나 다른 느낌이었기 때문이다. 『아무도 미워하지 않는 개의 죽음』은 한국의 개 산업 실태를 철저히 조사하고 쓴 르포르타주이며, 철학적이고 지적이기도 하지만 기본적으로 무척이나 강건한 글이어서 나는 은연중에 종군기자 같은 느낌으로 작가를 그리고 있었는지도 모르겠다. 어려움에도 결코 물러서지 않는 끈기와 바위 같은 단단함이 밖으로 풍겨 나오는, 그런 작가 말이다. 그런데 하재영 작가의 첫인상은, 너무 고왔다. 가녀리고 작은 체구에 햇볕에 거의 노출되지 않은 듯한 여린 피부, 조용하고 수줍은 말투. 사람을 외모로 판단하는 것은 편견 어린 태도겠으나, 나는 책에 나오는 것처럼 깜깜한 밤중에 산속의 불법 개농장에 잠입하는 하재영 작가의 모습이 잘 그려지지 않았다. 그렇게 생각하며 대담을 시작했다. 그는 조심스럽게 말을 고르고 차분히 이야기했는데, 자신의 내면에 정확히 부합하는 말을 찾아내어 꺼낸다는 생각이 들었다. 대화를 나누면 나눌수록 그의 안에 켜켜이, 또한 확고히 들어 있는 단단함과 기품이 또렷하게 만져지는 것만 같았다. 그것은 책의 느낌과 정확히 같았다. 그는 내게 깊은 인상을 남겼다.

시간이 지나 이 책 『친애하는 나의 집에게』를 읽으며 나는 비로소 하재영 작가가 내면에 쌓아온 단단함과 기품이 어떤 종류의 것이었는지 조금은 짐작하게 되었다. 경제적인 부침과 함께 대한민국에 존재하는 극과 극의 주거 형태들을 거치며 살아온 그의 이야기를 읽으며 나는 그의 안에 여러 채의 집이, 아니 수십 개의 방이 들어 있음을 느낀다. 사람 또한 씨앗이나 모종과도 같아서, '나를 어디에 놓아둘 것인가' 하는 문제는 결국 나의 삶이 어떤 형태로 자라날 것인가에 큰 영향을 미친다. 거기에는 모종의 타고난 성향과 그가 놓인 환경이 상호작용하게 되는데, 열악한 땅에서도 끝내 무언가를 놓치지 않으려는 노력이 있고, 그럼에도 기어이 그것을 놓치고야 말게 하는 환경도 있는 것이다. 작가가 살아온 수십 개의 방은 처음에는 위태롭게 쌓여가다가, 무엇이 부끄러움인지 생각하는 시간이 그 사이사이에 아교처럼 스며들어, 어느덧 단단하고 독특한 구조물을 이루게 된다. 사람이 집 안에 사는 게 아니라 집이 사람 안에 들었다. 나는 이 책을 통해 하재영 작가 안에 든 집을 찬찬히 살펴보고, 내 안에 든 집에 대해서도 생각해보게 되었다.

어떤 이는 집을 군사 기지처럼 사용하고, 어떤 이는 집을 다른 사람에게 보여주는 응접 공간이라 여긴다. 어떤 이에게 집은 자기만의 방이나 책상이며, 어떤 이에게 집은 쉴 자리 없는 노동의 공간이다. 어릴 적 엄마가 '있어야 할 자리'에서 '해야 할 일'을 하지 않고 불 꺼진 방에 웅크리고 있던 장면으로부터 작가가 거실에 책상을 놓고 글을 쓰기까지, 여성의 자리에 대한 생각도 이 책의 중요한 축이다. "엄마의 독서, 사색, 휴식은 수시로 멈춰졌다"라는 문장에서 나의 시선은 붙들린 듯 움직이지 못했다. 바로 나의 엄마가 그랬기 때문이다. 어린 시절 방 두 칸짜리 집에서 살 때도 아빠의 방은 따로 있었고 그곳은 '서재'라 불렸다. 정작 집에서 훨씬 더 책을 많이 읽는 사람은 엄마였는데도 말이다. 다른 삶을 흡수하고 다른 세계를 상상하게 하는 '읽는 일'은 여성의 일이 아니었다. 여성은 남성이 '읽는 일'을 돌보고 보살피는 일을 해야 했으므로 서재는 여성의 공간이 될 수 없었고, 또한 여성은 집 안 어느 곳에나 있어야 하므로 어느 곳도 자기만의 공간이 아니었다.

하재영 작가가 '눈물을 타인에게 들키지 않을 권리'조차 없는 방에서 벗어나 '집다운 집'이라고 부를 만한 장소를 갖게 되었을 때 처음으로 누군가에게 사귀자고 말했다는 부분에서 나는 크게 고개를 끄덕였다. 그는 "혼자여도 괜찮았으므로 거절당해도 괜찮았다." 얼마나 많은 여성들이 혼자임이 괜찮지 않아서 '아빠의 집'으로부터 '남편의 집'으로 옮겨가게 되는지. 그리고 사회는 얼마나 여성이 혼자 있는 것을 괜찮지 않도록 만드는지. 자신의 내면에 '나의 집'을 온전히 지은 채로 하는 결혼이야말로 책 속에 인용된 에이드리언 리치의 말처럼 "여성의 삶을 방해하고 축소하는 가부장적 결혼이 아니라 여성이 자신을 창조해나가는 과정의 연장선상으로서의 결혼"일 것이다.

각자의 안에는 그가 살아온 집이 있다. 그 집의 생김새를 가장 잘 아는 것은 본인이며, 그것을 자신의 목소리로 꺼내놓을 때 그것은 다른 이들의 삶으로 옮겨갈 수 있다. 그것이 쓰고 읽는 일의 본질이다. 많은 사람들이 이 책을 읽어서 그들 안에 자기만의 방과 자기만의 책상이 생겨나기를 바란다. 그 공간으로부터 수많은 씨앗이 밖으로 터져나와 우리 모두의 숲을 울창하게 하기를 바란다. 그리고 그 숲이 다시 우리의 집과 서재와 책상이 되기를. 친애하는 하재영 작가에게, 집을 보여주어 고맙다고 말하고 싶다.

2020년 봄, 여름, 가을 동안 이 책을 썼다. 그 시기 사람들은 자발적으로, 비자발적으로 집에 머물고 있었다. 코로나 시대를 통과하면서 우리는 사람과 사람 사이에 적정거리를 유지하기 위해 애썼다. 가능한 서로에게서 더 멀어지려고 노력했다. 상대가 바이러스를 옮기는 숙주가 아니라 동료 시민이라는 사실을 자주 망각했고, 눈이 마주치면 미소를 짓거나 상냥한 몸짓을 보여주는 일상을 잃어버렸다. 대신 우리는 타락한 종교, 특정 나라와 지역에 대한 혐오, 감염자에 대한 비인간화, 더 약한 곳을 향하는 폭력을 마주했다.

인간다움에 대한 성찰이 어려운 혼돈의 팬데믹 시대에도

묵묵히 사회를 움직이는 사람들이 있었다. 감염병과의 전쟁을 치르고 있는 의료진이 그랬고 병원의 간병인과 요양원의 보호사가 그랬다. 비대면 시대에 늘어나는 업무를 감당하는 콜센터의 텔레마케터, 서비스직의 최전방에 서 있는 판매원, 어린이집과 긴급 보육 시설의 교사도 있었다. 다수가 여성인 그들은 얼핏 공평해 보이는 재난 속에서 더 많은 노동과 위험을 감수했다. 그것은 흔히 노동자로 여겨지지 않는 여성, 집 안에 있어 보이지 않는 여성도 마찬가지였다. 사회적 활동이 중지되고 사람들이 자가 격리되면서 집 안에서의 가사와 돌봄 노동은 늘어났지만 그 사실을 중요하게 언급하는 이는 적었다. 그러나 이 모든 얼굴 없는 여성은 감염병으로 멈춰버린 세계를 힘겹게 떠받치고 있었다. 글을 쓰면서 내가 아는, 알지 못하는 그들의 얼굴을 떠올렸다. 그들에게 나의 글로써 미소를 보내고 안부를 물을 수 있길 바랐다.

기억하기와 글쓰기의 공통적 속성은 사실을 의도적이든 비의도적이든 편집한다는 것이다. 여기에 쓰인 글은 여러 버전의 과거 가운데 내가 선택한 것이다. 무엇을 드러내고 감출지, 무엇을 부각하고 축소할지 결정하는 일은 '과거를 어떻게 기억

할 것인가' 하는 문제만이 아니라 '현재를 어떻게 응시할 것인
가' 하는 고민과도 맞닿아 있다.

　'우리 집'과 '자기만의 방'이라는 두 가지 소유가 나에게 주
는 의미는 같지 않다. 많은 경우, 집을 가지는 일에는 결혼과 같
은 제도권으로의 이행, 경제 소득의 상승과 같은 계급적 변화가
포함되어 있다. 이것은 내가 바란 적은 있지만 언제나 소망하던
꿈은 아니었다. 그러나 자기만의 방은 물리적 공간의 독립과 자
아의 독립이 깊은 연관성을 지닌다고 여기는 사람이 좇는 꿈이
다. 현실적으로 타인의 침범이 완벽히 봉쇄된 곳은 없다는 점에
서 '진정한 나만의 공간'이라는 말은 성립하지 않을 수 있겠으
나, 정신적인 측면에서는 가능하다. 나는 글쓰기가, 문장이 쓰
이고 있는 백지가 나만의 정신적 공간이 되기를 바란다.

　집은 사적 영역인 동시에 사회적이고 정치적인 장소다. 집
을 권력도, 위계도, 노동도 없는 휴식처로 여기는 것은 전통적
성 규범에 따른 시각일 뿐이다. 내가 스스로 정의한 정체성과
외부로부터 요구받는 성 역할은 집 안에서 가장 먼저 충돌했다.
'집안일', '내조', '가정주부' 등의 언어에는 성별화한 이데올로기
가 적용되어 있다. '가정적'이라는 말은 남성에게 칭찬인지 몰
라도 여성에게는 아니다. 여성은 '원래' 가정적인 존재여야 하

기 때문이다.

　이 책은 집이 한 여성에게 미친 영향에 대한 이야기, 또는 집을 통해 본 한 여성의 성장기라는 점에서 자전적이지만, 집이라는 '물리적 장소' 안에서 여성의 '상징적 자리'를 가늠해보려는 시도이기도 했다. 이 시도를 통해 나의 이야기가 타자의 이야기가 되고, 타자의 이야기가 나의 이야기가 되는 연결성을 소망했다. 사적 경험만이 아닌, 한 시대를 공유하며 성장한 사람이 공감할 수 있는 일반성과 보편성을 담고 싶었다. 내가 겪은 일은 나만 겪은 일이 아니고, 나의 생각은 타자로부터 받아들인 여러 생각의 총합이며, 개인적인 것은 정치적인 것이기도 하다.

　김현경, 김혜순, 메리 올리버, 샬럿 브론테, 아니 에르노, 에밀리 디킨슨, 에이드리언 리치, 잉에보르크 바흐만, 정희진, 최승자, 허수경…. 내가 흠모하는 여성 작가를 두루 인용하거나 참고했다. 특히 '서재의 주인-나의 자리, 엄마의 자리'에서는 김현경 님의 『사람, 장소, 환대』 중 '여성과 장소/자리'에서 많은 영향을 받았다. 익숙한 관습에 함몰되지 않고 경계를 넘어서는 수많은 여성 작가와 여성 서사는 언제나 나를 새로운 세상으로 데려간다. 그들의 글을 읽으면서 나의 한계를 깨닫고, 사회로부터 주입받은 편견을 안일한 방식으로 되풀이하고 있지 않은지 점검한다. 오랜 시간 집에 머물면서도 '아무데도 가지 않는 여행자'처럼, '먼 곳을 떠도는 은둔자'처럼 자유로울 수 있었던 것은 그들과 글로써 교류한 덕분이다. 내가 살았던 집에 대해 쓰는 것은 그들에게 배운 방식으로 나의 경험을 해석하는 일이기도 했다.

언제나 두려운 것은 내가 아직 완성되지 않은 사람이라는 것, 영원히 완성되지 않을 사람이라는 것이다. 설익은 내가 말과 글로 누군가에게 상처를 줄까 봐, 미래의 내가 현재의 나를 자책할까 봐 두렵다. 나의 이야기를 인쇄될—박제될 글로 남기는 것은 그런 두려움을 무릅쓰는 일이지만, 그럼에도 불구하고 글을 쓰는 것은 이토록 불완전한 내가 또 다른 불완전한 누군가와 연결되기를 여전히, 간절히, 기대하기 때문이다.

2020년 가을 구기동에서
하재영

작가의 말

참고한 책

「역사와 현대가 공존하는 거리, 대구 북성로·교동」,
『월간식당』1월호, 2018
북성로 도시재생현장지원센터 블로그
https://blog.naver.com/junggub2019/221922859207
「난곡, 겉은 바뀌었지만 속은 그대로」, 서울신문, 2007
허수경, 『혼자 가는 먼 집』, 문학과지성사, 1992
김혜순, 『한 잔의 붉은 거울』, 문학과지성사, 2004
최승자, 『이 시대의 사랑』, 문학과지성사, 1981
잉에보르크 바흐만, 『삼십세』, 차경아 역, 문예출판사, 1995
샬럿 브론테, 『제인 에어』, 이미선 역, 열린책들, 2011
에이드리언 리치, 『우리 죽은 자들이 깨어날 때』, 이주혜 역,
바다출판사, 2020

슈테판 볼만, 『책 읽는 여자는 위험하다』, 조이한, 김정근 역,
웅진지식하우스, 2012

정희진, 『페미니즘의 도전』, 교양인, 2013

김현경, 『사람, 장소, 환대』, 문학과지성사, 2015

메리 올리버, 『긴 호흡』, 민승남 역, 마음산책, 2019

헨리 데이비드 소로, 『달빛 속을 걷다』, 조애리 역, 민음사, 2018

막심 고리키, 『어머니』, 최윤락 역, 열린책들, 2009

로베르트 발저, 『산책자』, 배수아 역, 한겨레출판, 2017

다비드 르 브르통, 『걷기예찬』, 김화영 역, 현대문학, 2002

François Halard, 『Saul Leiter』, LM, 2017

사울 레이터, 『사울 레이터의 모든 것』, 조동섭 역, 윌북, 2018

김은실 외, 『코로나 시대의 페미니즘』, 휴머니스트, 2020

친애하는
나의 집에게

ⓒ 하재영, 2020

초판 1쇄 펴낸날 2020년 12월 8일
초판10쇄 펴낸날 2023년 9월 18일

지은이 하재영
펴낸이 배경란 오세은

펴낸곳 라이프앤페이지
주소 서울시 종로구 새문안로3길 36, 1004호
전화 02-303-2097
팩스 02-303-2098
이메일 sun@lifenpage.com
인스타그램 @lifenpage
홈페이지 www.lifenpage.com
출판등록 제2019-000322호(2019년 12월 11일)
디자인 표지 석윤이 **본문** 이민재
사진 강세민

ISBN 979-11-970241-6-0 (03810)

* 이 도서는 한국출판문화산업진흥원의 '2020년 출판콘텐츠 창작 지원 사업'의 일환으로
  국민체육진흥기금을 지원받아 제작되었습니다.